话浙江·丽水

名家括苍下

丛书编写组 编

浙江古籍出版社

编纂指导工作委员会

主　任：赵　承
副主任：来颖杰　虞汉胤
成　员：（按姓氏笔画排序）
　　　　丁如兴　邓　崴　申中华　叶伯军　叶国斌
　　　　吕伟强　刘中华　芮　宏　张东和　金　彦
　　　　施艾珠　黄海峰　程为民　潘军明

专家指导委员会

主　任：陈尚君
成　员：（按姓氏笔画排序）
　　　　吴　蓓　尚佐文　陶　然　葛永海

本册编写人员

　　　　杨俊才

总　序

　　中国诗歌源远流长，姿态丰盈，溯其初始，皆以《诗三百》为中原之代表，以《楚辞》为南方的代表，浙江偏处东南，似皆无预。其实，万年上山遗址被誉为"远古中华第一村"，良渚遗址是实证中华五千多年文明史的圣地，越州禹庙的存在，知古越人对以编户齐民到三皇五帝传说之形成，也不遑多让。越地保存的《弹歌》："断竹，续竹；飞土，逐宍。"记录初始人民与百兽竞逐的生存状态，有可能是中国保存最早的古诗。而时代不晚于战国的《越人歌》，以"山有木兮木有枝，心说君兮君不知"的天籁之音，表达古越人两心相悦、倾情诉述的真意。从南朝时期的《阿子歌》《钱唐苏小歌》中，还能体会到古越民歌这种明丽之声的赓续和弘传。

　　秦并六国，天下设郡，会稽郡为三十六郡之一，也为越地州郡之始。到有唐一代，今浙江境内设有十州，虽历代区划皆有调整，省境规模大致底定。十一市的格局虽确定于晚近，但各市历史上无论称郡称州称府，无不文明昌盛，文士群出，文化发达，存诗浩瀚。就浙江在中华文化版图中日显昭著的地位而言，我们可以提到几个很特殊的时期。一是西晋末永嘉南渡，大批中原士族客居江南，侨居越中，越中山水秀丽，跃然于文化精英的笔端："千岩竞秀，万壑争流，草木蒙笼其上，若云兴霞蔚。"山阴道上，剡溪沿流，留下大量珍贵记录。南北对峙，南朝绵续，越地经济发展，景观也广为世知。二为唐代安史乱后，士人南奔，实现南北文化的再度融合。中唐伟大诗人白居易、韩愈、柳宗元、刘禹锡皆出身于北方文化世家，但出生或成长在江南。浙江东西道之设置将今苏南、浙江之地分为两道，其文化昌盛、诗歌丰富，已不逊于中原京洛一带。三是唐末大乱，钱镠祖孙三代割据吴越十四州，出身底层而向往士族文化，深明以小事大之旨，安定近百年，不仅使其家族成为千年不败、人才辈出的文化世家，也为吴越文化造就无数人才。四是靖康之变，宋室南渡，定都临安即今杭州，更使浙江成为全国的政治经济文化中心。此后九百年，浙江在全国举足轻重的地位，历经江山鼎革，人事迁变，始终没有动摇。

浙江人杰地灵，文化繁荣，山水奇秀，集中体现在每一时代、每一州郡，皆曾出现过一流人物，不朽著作，杰出诗篇。"诗话浙江"的编著，即以省内十一市域各为单元，选编历代最著名的诗篇，以在地的立场，重视本籍诗人，也不忽略游宦客居之他籍人士，务求反映本土之风光人情，家国情怀，文化地标，亲历事变，传达省情乡情，激发文化自信，培养乡土情怀，增进地方建设。

唐人元稹有"天下风光数会稽"（《寄乐天》）之句，引申说天下山水数浙江，应该不会有人反对。东晋孙绰《游天台山赋》以全景式的鸟瞰写出天台山之俊奇雄秀，王羲之约集家人朋友高会兰亭，借山水寄慨，是越中诗赋写山水之杰作。广泛游历，寄情山水，留下众多诗篇的刘宋大诗人谢灵运，以诗作为山水赋予了灵魂。本套丛书中杭州、绍兴、台州、温州、丽水、金华诸册，皆收有谢诗，如"林壑敛暝色，云霞收夕霏"之绚烂，"白云抱幽石，绿篠媚清涟"之妩媚，"明月在云间，迢迢不可得"之企羡，"池塘生春草，园柳变鸣禽"之惊喜，"乱流趋正绝，孤屿媚中川"之特写，"石浅水潺湲，日落山照曜"之素描，"崖倾光难留，林深响易奔"之观察，无不在瑰丽山川描摹中投入自己的真实情感，开创了山水诗的无数法门。此后的历代诗人，无论名气大小，游历深浅，无不步武谢诗，传达独到的观察与体悟，留下不朽的诗篇。

浙江各市皆有标志性的名山秀水，且因历代官民之开拓建设，历代文人之歌咏加持，而得名重天下。以旧州名言，台州得名于天台山；明州得名于四明山；处州本名括州，因括苍山得名，避唐德宗名而改；湖州得名于太湖。南湖烟雨，孕育出以朱彝尊为代表的浙西词派。西湖名重天下，离不开白居易和苏轼两位大诗人任职时的建设疏浚，更因他们写下无数脍炙人口的名篇而广为世人所知。有些名山云深道险，如雁荡山，弘传最有功者为唐末诗僧贯休，以兰溪人而得广涉东瓯名山，"雁荡经行云漠漠，龙湫宴坐雨蒙蒙"（《诺矩罗赞》）二句极其传神，此后方为世重。类似例子还有很多，读者可从全套丛书中细心阅读，会心感悟。

其实，山灵水秀触发了诗人的灵感，诗人的名篇也促使了人文景观的升华。兰亭是众所瞩目的名胜，还可以举几个特别的例子。南朝诗人沈约出任东阳太守期间，在金华建玄畅楼，常登楼观景抒情，更特别的是他还写了与楼相关的八首抒情长诗，世称《八咏诗》，名重天下，后人更将玄畅楼改名八咏楼，成为有名的故事。衢州烂柯山又名石桥山、石室山，因南朝任昉《述异记》云东晋王质入山砍柴迷路，遇二童子对弈，着迷而耽搁许久，欲归而发现斧柄已烂，从此有烂柯之名，且因此而成为围棋仙地。缙云仙都山以鼎湖峰最为著名，因其拔地而起高达一百七十多米的石柱而备受关注，传为黄帝置鼎炼丹或飞升处而知名，更成为国内著名的黄帝祭祀地，历代相关诗歌也很多。在历代诗人的共同努力下，浙江各市皆形成了有全国重大影响的山水名区与文化地标。近年在国内外有重大影响的浙东唐诗之路，借用唐代诗人宋之问《题杭州天竺寺》"待入天台路，看予度石桥"所言，即其起点是杭州（也有说法具体到渔浦潭），东行经绍兴、上虞，至剡溪经新昌、嵊州，目的地是天台山，沿途著名景点有镜湖、曹娥庙、大佛寺、天姥山、沃洲山、石梁飞瀑、国清寺等。六朝至唐的另一条诗路，则是从杭州溯钱江而上，经富阳、桐庐、兰溪、金华、丽水、青田而到温州，沿途名区也不胜枚举。近年经学者研究，唐诗之路其实遍布浙江的各个由水路和陆路形成的人文景观，在古迹复原、石刻调查、摩崖寻拓、驿路搜索等方面，都有许多新的发现，在此不能一一叙述。

浙江民风淳朴，勤劳奋发，但也有慷慨悲歌、报仇雪耻的另一面。春秋时代的吴越相争，槜李之战就发生在今嘉兴。后越王勾践在国破家亡之际，忍辱负重，卧薪尝胆，终得复国。浙江历代无数仁人志士，为国家民族生存，为乡邦安宁发展，曾做过许多可歌可泣的努力。舟山在浙江偏处边隅，有两段往事尤可称诵。一是南宋初金人南侵，宋高宗避地舟山，在海上漂泊数月，方得保存国脉。二是明清易代，浙东抗清武装退居海上，张煌言以身许国，以舟山为重要支点，坚持斗争，所作《翁洲行》倾诉了满腔爱国激情。同时陈子龙、顾炎武都有声援诗作。吴伟业所作《勾章井》写鲁王元妃的以身殉国，也可见其情怀所系。近代中国剧变，浙江受冲击尤剧，本书收入龚自珍、左宗棠、郭嵩焘、蔡元培、秋瑾、鲁迅等人诗作，分别可以看到有识之士在世变中对自改革的呼吁、守卫国家领土的努力、放眼看世界的鸿识、反抗清王朝的革命，以及创造新文化的勇气。虽然人非皆浙籍，诗或因他故，他们的功绩是应该记取的。

浙江海岸线漫长，自古即多良港，由于洋流的原因，日本遣唐使和学问僧多以越、明、台、温四州为到达和返国之地。名僧最澄、空海、圆仁、圆珍都在诸州广交友人，广参名僧，访求典籍，体悟佛法，归国后分别弘传天台宗和真言宗（空海在长安得法于青龙义操），写就中日文化交流的重要一笔。圆珍在中国的授法僧清观，曾寄诗圆珍，有"叡山新月冷，台峤古风清"（全篇不存）二句，传达中日佛教界的血脉亲情。宋元之间的一山一宁、无学祖元，再度东渡，在日本弘传临济禅法。至于儒学东传，特别要说到明清之际的朱之瑜（舜水），在长期抗清斗争失败后，他东渡日本，受到江户幕府的热忱接纳，开创水户学派，弘扬尊王攘夷的学说，成为日本后来明治维新的重要思想资源。至于宁波开埠以后西学的传入，也可从许多诗作中得到启示。

至于浙江对中国学术文化的贡献，可讲者太多，大多也可在本套丛书中读到。先从天台山说起。佛教天台宗创始于陈隋之际的智者大师智𫖮，其辨教思想与天台法理，皆使佛教中国化达到了空前高度。数传而不衰，更在日本发扬光大。天台道教则以桐柏宫为最显，司马承祯为宗师，与茅山、龙虎山并峙为江南三重镇。缙云道士杜光庭避乱入蜀，整理道藏，贡献巨大。寒山是天台的游僧，他书写于山岩石壁上的悟道喻世诗作，由道士徐灵府整理成集，流传不衰，并在现代欧美产生广泛影响。道士而为僧人整理遗篇，恰是三教和合的佳话。至于宋末元初三大家王应麟、胡三省、马端临，皆生长著述于浙东，而清初三大启蒙思想家中的黄宗羲也是浙人。黄宗羲子黄百家，更是中国弘传哥白尼日心学说之第一人。更应说到宋陆九渊、明王守仁倡导的儒家心学一派，明末影响巨大，至今仍受广泛注意。至于朱子后学如慈湖杨简、东发黄震，亦曾名重一时。本套丛书以介绍诗词为主，于学术文化亦颇有涉及，读者可加以关注。

浙江物产丰饶，各市县乡镇都有各自的特产与名品。如果举其大端，则为茶、绸、果、笋。茶圣陆羽是今湖北天门人，但他成名则在今湖州与江苏常州共有的顾渚茶山。陆羽不仅致力于茶的采摘与制作工序，更讲究茶的烹煮和水的选择，曾设计组合茶具套装。陆羽存诗不多，但湖州历代咏其茶艺之诗络绎不绝。白居易《缭绫》写越州所贡罗绡纨绮，有"应似天台山上月明前，四十五尺瀑布泉"的描述，进而质问："织者何人衣者谁？越溪寒女汉宫姬。"直至近代，湖丝、杭绸一直广销世界。浙江果蔬丰富，如余姚杨梅、黄岩蜜橘、嘉兴槜李、湖州莲子、绍兴荷藕，皆令人齿颊生津，品啖称快。竹林遍布浙江，既可采以制作器具，又可食其初笋而得天然美味。宋初僧赞宁撰《笋谱》，主要采样于天目山笋。古代文人以竹取其高雅，食笋更见其清新出俗，在诗中也多有表达。

本套丛书由中共浙江省委宣传部策划指导，十一个市委宣传部组织编写，由浙江古籍出版社出版。各市对地方文献及历代诗歌皆有长期积累与研究，故能在较快时间内完成书稿，数度改易增删，以期保证质量。然而从浙江历代浩瀚的典籍中选取为一般读者喜闻乐见的作品，叙述作者生平事迹，准确录文并解释，深入浅出地品赏分析，实在不是一件很容易的事情。出版社邀请省内专家审稿，提出问题疑点，纠正传本讹脱，皆已殚尽心力。比如明唐胄的《衢州石塘橘》诗中"画舫万笼燕与魏"，与下句"青林千顷鹿和狮"比读，初以为指牡丹，但"燕"字无着落，经反复查证，方知"燕与魏"指燕文侯、魏文帝关于柑橘的两个典故。再如文天祥经温州所写诗，通行本作"暗度中兴第二碑"，中兴碑当然指湖南浯溪颜真卿书元结《大唐中兴颂》，然"暗度"该作何解？经查明刻本《文山先生全集》收的《指南录》作"暗读"，诗意豁然明朗，即文天祥在人生最困难的时刻，仍然没有放弃奋斗的目标，希望大宋再度中兴。

  我们深知，作者与编辑发现并妥善解决的疑点，只是众多存疑难决问题中的一部分。整套书希望给读者提供一份浙江各地诗词的丰盛大餐，但烹制难以尽善尽美，肯定还有不足之处，敬俟读者批评指正，以期后续修订完善。

陈尚君

2024 年 11 月

前　言

丽水市，古称处州。光绪《处州府志》："隋开皇九年，处士星见于分野，因置处州。"处州地处括苍山（又作"栝苍山"）下，一度改称括州、缙云郡（为行文方便，本书中一般用处州指称丽水）。虽然处州设置较迟，但正所谓"饥者歌其食，劳者歌其事"，处州大地上必定很早就有了诗歌，只是缺乏记录。目前可以明确的是，早在南朝宋武帝永初三年（422），处州就已进入诗人的视野。

南朝宋武帝永初三年，著名诗人谢灵运出任永嘉郡太守。永嘉郡，其范围大致包括今温州市、丽水市两地。谢灵运从京城出发，由处州缙云恶溪（后改称"好溪"）进入丽水大溪，顺瓯江（时称"永嘉江"）而下，抵达治地。第二年辞任归里的时候，又从原路返回。有关途中景色，谢灵运在其《答从弟书》中曾有描述："出恶江至大溪，水清如镜。"处州的山水给谢灵运留下了极深的印象，后来其《游名山志》专门对处州的缙云山、石帆山、石门山等作了介绍。可以说，谢灵运石门三诗不仅是青田石门洞不可分割的重要部分，也是处州诗歌，尤其是处州山水诗的起点、源头，长远地影响着处州诗歌的发展。

唐代，反映处州的诗作开始多起来，但作者多为外地来处州任职者，或出于其他各种原因到过处州者，如郭密之、吴筠、丘

1

丹、刘言史、徐凝、朱庆馀、方干、曹唐、刘昭禹等。唐代还有一类诗人，他们虽然没有到过处州，但因送友人赴处州任职，或有朋友在处州等原因，他们的若干诗作中，亦多有涉及处州的描写，其中著名的如王维、李白、高適、韩愈、刘禹锡、刘长卿、皮日休、陆龟蒙等。

宋代，处州诗词创作走向鼎盛。处州籍诗人如姜特立、项安世、叶绍翁、张玉娘、真山民、王镃等在宋代诗坛均占有一席之地，而外地来处州任职的如杨亿、秦观、范成大等诗词大家，对宋代处州诗词创作起到了引领作用。此外，还有如陆游、朱熹、叶適、沈括、楼钥、王十朋、"永嘉四灵"、戴复古、林景熙等一大批曾出入处州的诗人，他们皆有以处州为主题之作。以上三类诗人的汇聚，使得宋代描写处州的诗词不仅数量多，而且水平高，堪称佳作迭出，精彩纷呈。尤其是秦观，其处州之作《千秋岁》《好事近》享誉词坛，本人后来亦成为众多诗人缅怀的对象，有关吟咏成为处州诗词的重要组成部分。

元明清时期，特别值得关注的是处州籍诗人的大量涌现。这其中除了刘基等公认的大家外，还有尹廷高、周权、陈镒、樊献科、韩锡胙、王梦篆、王树英、端木国瑚、吴世涵、朱小唐等，虽然他们在诗坛上知名度不是特别高，但对处州的了解更为深入，对处州的认识更为透辟，所以他们的作品价值亦不容忽视。当然，外地籍著名诗人如揭傒斯、王世贞、汤显祖、陈子龙、朱彝尊、袁枚等，也留下了描写处州的佳作。

处州山水清嘉，自然是诗人们吟咏的重点。如方干"气象四时清，无人画得成"，钱竽"风云出没有时有，烟雨空蒙无日无"，王十朋"皇都归客过仙都，厌看西湖看鼎湖"，杨载"白水流千折，青山绕百重"，樊献科"断桥流水非人境，疑是桃源归去来"，袁枚"万叠云峰千尺瀑，江南无此好烟波"，朱小唐"寒鹭成群几日晴，千山万壑入诗清"等等，对处州山水可谓称颂备至。陆游更是"一到南园便忘返""梦中重续栝苍游"。

在处州众多风景名胜中，仙都、石门洞、南明山、小括苍山州治周边亭台楼阁等是诗人创作涉及较多者，而最多的无疑是冯公岭（又名桃花岭）。冯公岭是温州、处州两地通往省城、京城的必经之地，因山高岭峻，被杨亿比之剑阁。来往的人多，留下的诗作自然亦多。虽然同是写冯公岭，但是诗人们往往由行路而联想到社会人生，各抒己见，如沈说"若将世途比，此路更为平"，许谦"胸中芥蒂未尽去，须信坦道多荆榛"，陈高"他年履坦道，慎勿忘崄巇"等等，这些议论，富有真知灼见，使人们不仅领略了处州山水风光，思想上也受到了启迪。

处州素有"九山半水半分田"之称，诚如清代处州知府伊汤安诗中所写，"山地畸零休论顷，人家三五便成村"。因田地缺乏，处州百姓生活极为不易，如果再遇上天灾人祸，那更是雪上加霜，许多诗人对此并不讳言。如清初刘廷玑出任处州知府时，"三藩之乱"刚刚平息不久，偏偏又遭遇洪水肆虐，其《处州杂言八韵》真实描写了当时处州"城里荒山城外溪，可怜今剩几残黎""腊月有时衣尚夹，全家终日食无咸"等景象。此外，清代处州籍诗人王树英的《催租吏》、端木百禄的《山田观获》等诗篇，不仅表达了对处州百姓的同情，还把批判的矛头对准了官府。

  如上所述，本书所选处州古诗词，既有对处州山水的赞美，亦有对处州人民的讴歌，也不乏对社会现实的如实记录，凡此种种。通过这些古诗词，不仅可以比较全面地认识、了解处州，还可以见证处州人民在拼搏中走向辉煌的非凡历程。

丽水学院　杨俊才

2024 年 11 月

目　录

先　唐

谢灵运
　　石门新营所住四面高山回溪石濑修竹茂林 …………… 003
　　登石门最高顶 …………………………………… 006
　　石门岩上宿 ……………………………………… 008

唐五代

孙　逖
　　送杨法曹按括州 ………………………………… 013
王　维
　　送缙云苗太守 …………………………………… 016
李　白
　　送王屋山人魏万还王屋（节选）………………… 019
高　适
　　宋中送族侄式颜时张大夫贬括州使人召式颜遂有此作 … 022
郭密之
　　永嘉经谢公石门山作 …………………………… 026

吴　筠

　　题缙云岭永望馆 …………………………… 029

刘长卿

　　饯王相公出牧括州 ………………………… 031

耿　沣

　　送叶尊师归处州 …………………………… 033

丘　丹

　　奉使过石门瀑布 …………………………… 035

刘言史

　　处州月夜穆中丞席和主人 ………………… 038

韩　愈

　　处州孔子庙碑附诗 ………………………… 040

刘禹锡

　　松江送处州奚使君 ………………………… 043

姚　合

　　送右司薛员外赴处州 ……………………… 045

徐　凝

　　题缙云山鼎池二首（其一）……………… 047

朱庆馀

　　和处州严郎中游南溪 ……………………… 050

方　干
　　处州洞溪 ……………………………………… 052
　　自缙云赴郡溪流百里轻棹一发曾不崇朝叙事四韵寄献
　　段郎中 ……………………………………… 053

皮日休
　　寄题镜岩周尊师所居诗（并序）…………… 056

陆龟蒙
　　奉和袭美寄题镜岩周尊师所居诗 ………… 059

曹　唐
　　仙都即景 …………………………………… 061

刘昭禹
　　过苍岭 ……………………………………… 063

宋　元

柳　绅
　　仙都石 ……………………………………… 067

杨　亿
　　郡斋西亭即事十韵招丽水殿丞武功从事 …… 069

陈舜俞
　　留槎阁 ……………………………………… 072

詹　迥
　　洼尊山 …………………………………………… 074

袁　毅
　　南明山 …………………………………………… 076

沈　括
　　仙都山 …………………………………………… 078

胡志道
　　黄帝祠宇李阳冰篆在缙云山 …………………… 080

秦　观
　　处州水南庵二首（其一） ……………………… 083
　　千秋岁 …………………………………………… 084
　　好事近 梦中作 …………………………………… 086

沈　晦
　　初至松阳 ………………………………………… 088

许　尹
　　洞　溪 …………………………………………… 091

吴　芾
　　游仙都观五首（其五） ………………………… 093

王十朋
　　游仙都 …………………………………………… 095

钱　竽
　　少微阁 ················· 097

陆　游
　　石　门 ················· 099
　　南园四首（其一） ········· 101

姜特立
　　过冯公岭 ··············· 103

范成大
　　次韵徐子礼提举莺花亭（其五）··· 105

郑汝谐
　　题石门洞 ··············· 107

项安世
　　游延庆寺 ··············· 109

朱　熹
　　仙都徐氏山居 ············ 112

楼　钥
　　过苍岭（其二） ··········· 114

叶　適
　　冯公岭 ················· 116

董居谊
　　见山楼下植梅百本九月见花 ··· 119

徐　照
　　石门瀑布 …………………………………… 121

徐　玑
　　题石门洞 …………………………………… 123

翁　卷
　　处州苍岭 …………………………………… 125

刘　宰
　　冯公岭 ……………………………………… 127

戴复古
　　括苍石门瀑布 ……………………………… 129

赵师秀
　　缙云县宿 …………………………………… 131

沈　说
　　缙云道中 …………………………………… 133

林景熙
　　括　城 ……………………………………… 135

张玉娘
　　山之高三章 ………………………………… 137
　　王将军墓 …………………………………… 139

王　镃
　　山　中 ……………………………………… 141

真山民
  济川桥 …………………………………… 143

尹廷高
  叶法善天师故宅卯山 …………………… 145
  题翠峰贯休旧隐 ………………………… 146

孟 淳
  剑池湖 …………………………………… 148

许 谦
  冯公岭 …………………………………… 150
  青田大鹤洞 ……………………………… 153

杨 载
  题青田叶叔至野清堂二首（其一）……… 155

揭傒斯
  题赠周此山 ……………………………… 157

周 权
  西 山 …………………………………… 159

郑元祐
  赠丽水治农少府（其一）………………… 161

陈 镒
  次韵白莲 ………………………………… 163

陈　高
　　过冯公岭 …………………………………………… 165

明　清

刘　基
　　题紫虚观用周伯温韵 ………………………………… 169
　　题紫虚道士晚翠楼 …………………………………… 171

许　恕
　　青田鹤 ………………………………………………… 173

潘　琴
　　巫风行 ………………………………………………… 175

潘　援
　　石印呈奇 ……………………………………………… 178

谢　铎
　　却金馆 ………………………………………………… 181

樊献科
　　至仙都草堂 …………………………………………… 183

王世贞
　　寄处州喻太守邦相兄 ………………………………… 185

顾大典
　　刘山却金馆 …………………………………………… 187

屠　隆
　　青城山 ……………………………………… 189

汤显祖
　　班春二首（其二）………………………… 192
　　除夕遣囚 …………………………………… 193

陈子龙
　　缙　云 ……………………………………… 195
　　丽水九龙村 ………………………………… 196

蒋　薰
　　突星濑 ……………………………………… 199

朱彝尊
　　繇丹枫驿晓行大雪度青云岭桃花隘诸山暮投丽水舟中
　　三首（其一）……………………………… 201

刘廷玑
　　处州杂言八韵（其一）…………………… 203

宋云会
　　云和杂咏用刘在园太守韵（其二）……… 205

张　琢
　　大漈观瀑布 ………………………………… 207

袁　枚
　　温溪一名恶溪 ……………………………… 209

王梦篆
　　郡城杂诗 ………………………………………… 211
阮　元
　　过桃花岭 ………………………………………… 213
王树英
　　催租吏 …………………………………………… 215
关学优
　　过刘殿元墓 ……………………………………… 218
端木国瑚
　　石门刘文成祠 …………………………………… 220
吴世涵
　　保阳寓斋与刘成斋兄芝亭三弟共论故乡物产作诗纪之… 222
端木百禄
　　山田观获 ………………………………………… 228
严用光
　　过时思寺 ………………………………………… 231
朱小唐
　　大港头春望呈陈鹤山（其一）………………… 233

参考文献 …………………………………………… 235
后　记 ……………………………………………… 239

浙江诗话

先唐

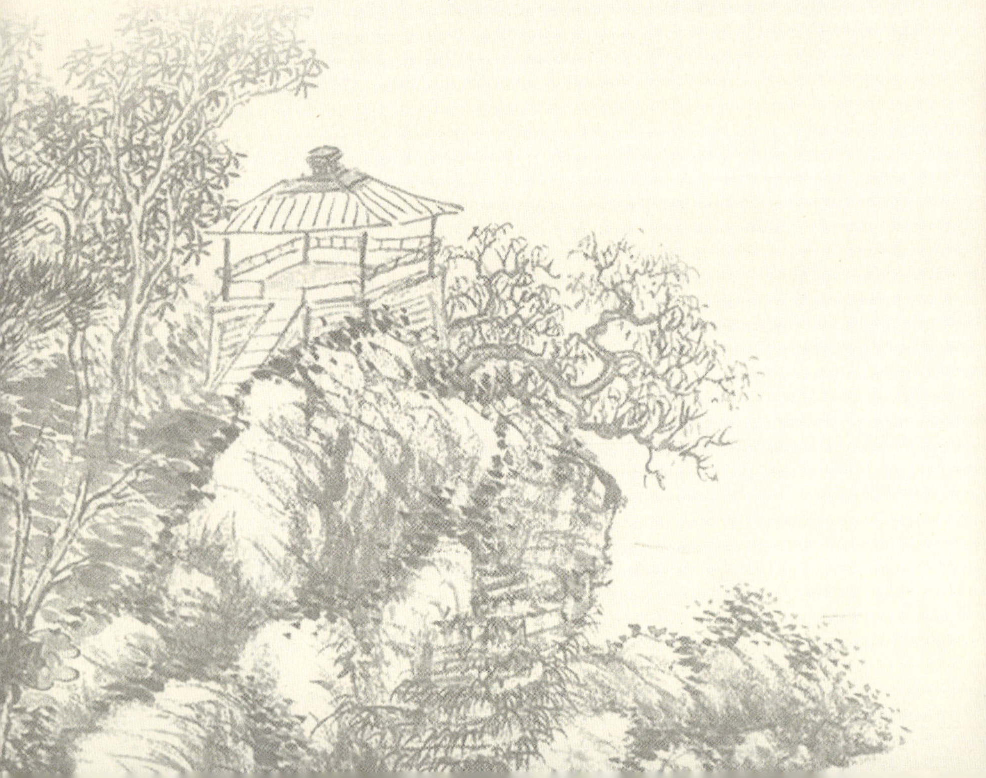

谢灵运

谢灵运（385—433），袭封康乐县公，世称"谢康乐"，祖籍陈郡阳夏（今河南太康），生于会稽始宁（今绍兴市上虞区）。谢灵运曾担任抚军将军刘毅记室参军，后为刘裕太尉参军。刘裕代晋自立，谢灵运出任散骑常侍、太子左卫率。永初三年（422）宋少帝即位，谢灵运受大臣排挤，出任永嘉太守。后罢职退隐始宁，以"叛逆"之名被杀。永嘉郡大致包括今温州市、丽水市两地。谢灵运是中国山水诗鼻祖，他的不少山水诗就是在丽水创作的。

石门新营所住四面高山回溪石濑修竹茂林 [1]

跻险筑幽居，披云卧石门。[2]

苔滑谁能步，葛弱岂可扪。[3]

袅袅秋风过，萋萋春草繁。[4]

美人游不还，佳期何由敦。[5]

芳尘凝瑶席，清醑满金樽。[6]

洞庭空波澜，桂枝徒攀翻。[7]

结念属霄汉，孤景莫与谖。[8]

俯濯石下潭，仰看条上猿。[9]

早闻夕飙急，晚见朝日暾。[10]

崖倾光难留，林深响易奔。[11]

感往虑有复，理来情无存。[12]

庶持乘日车，得以慰营魂。[13]

匪为众人说，冀与智者论。[14]

(《谢灵运集校注》)

注　释

[1]石门：即石门洞。成化《处州府志》："在（青田）县西石门山。两峰壁立，高数十丈，相对入门，因以为名。中有高岩，瀑布自上潭直泻下天壁至下潭，凡七百余尺。上有轩辕丘，昔永嘉守谢灵运蜡屐来游，初开此洞。历代名公，皆有诗刻石。"　[2]跻险：攀登险峻的高山。披云：拨开云雾。　[3]葛弱：葛藤嫩弱。扪：握持。　[4]袅袅：形容风吹树木的样子。萋萋：形容草长得茂盛。　[5]美人：此指好友。敦：守信用。　[6]"芳尘"句：此句谓由于友人久不归来，座席上都积满了灰尘。清醥：清澈的美酒。金樽：精美的盛酒器具。　[7]"洞庭"句：意谓江湖空翻波浪，却不见友人乘船归来。洞庭，非实指，泛指江湖。"桂枝"句：此句糅合《楚辞》中的句子，意谓攀援树枝眺望友人是否归来了，可总是徒然。屈原《九歌·大司命》："结桂枝兮延伫，羌愈思兮愁人。"　[8]"结念"句：意谓对友人的思念很深。结念，念念不忘。属，连接。霄汉，云

天。孤景：孤影，形单影只。谖（xuān）：忘记。　　[9]濯：洗。条：枝条。　　[10]夕飙（biāo）急：晚间的狂风甚急。暾（tūn）：刚出来的太阳。　　[11]"崖倾"句：悬崖倾斜，挡住了光照。"林深"句：深山里林涛阵阵。　　[12]"感往"二句：阐释玄理。方东树谓，此为"见道语"。　　[13]持：抱守。营魂：灵魂，精神。　　[14]"匪为"二句：意谓此中妙理难以跟一般人讲，希望能同聪明的人谈论。冀，希望。

赏　析

《石门新营》开头四句写石门之险峻；"袅袅秋风过"以下十句写友人远游不归，久盼不至，自己深感孤独；"俯濯石下潭"以下六句为景物描写。最后六句自言从中悟出"感往虑有复，理来情无存"的玄妙哲理，精神上得到了慰藉，但声称个中玄奥，只能跟智者论。诗中如"崖倾光难留，林深响易奔"等景色描写，绘声绘色，细致生动，不愧为山水诗佳作。

谢灵运之于青田石门洞，诚如何镗《栝苍汇纪》所论："宋永嘉太守谢灵运，蹑屐来游，始开此洞。"不仅如此，谢灵运还在其《游名山志·石门山》里首次对石门洞作了专门描述与介绍，谓："石门山，两岩间微有门形，故以为称。瀑布飞洞，丹翠交曜。"（《艺文类聚》卷八引）同时，谢灵运有《石门新营》《登石门最高顶》《石门岩上宿》三首石门诗，其中前二首在唐以前就被刻在青田石门洞崖壁上。自谢灵运后，众多诗人慕谢灵运之名造访石门洞，并留下大量吟咏。可以说，谢灵运石门三诗不仅是青田石门洞不可分割的重要部分，也是处州山水诗的起点、源头，长远地影响着处州山水诗的发展。

登石门最高顶

晨策寻绝壁，夕息在山栖。[1]

疏峰抗高馆，对岭临回溪。[2]

长林罗户穴，积石拥基阶。[3]

连岩觉路塞，密竹使径迷。[4]

来人忘新术，去子惑故蹊。[5]

活活夕流驶，嗷嗷夜猿啼。[6]

沉冥岂别理，守道自不携。[7]

心契九秋干，目玩三春荑。[8]

居常以待终，处顺故安排。[9]

惜无同怀客，共登青云梯。[10]

（《谢灵运集校注》）

注　释

[1]策：拄着手杖。寻绝壁：指沿着绝壁攀登。"夕息"句：指晚上住宿在山里。栖，住宿。　[2]疏峰：远处的山峰。抗：互相比高。高

馆:指建于石门绝壁上的精舍。回溪:曲折回旋的溪流。　　[3]长林:高大的树木。罗户穴:排列在门洞外。穴,亦作"庭"。拥:堆满。基阶:台阶。　　[4]"连岩"二句:指沿途岩石当道,以为无路可通;竹林茂密,使人迷路。　　[5]新术:新路。术,道路。去子:离山的人。惑故蹊:忘记了来时走过的小路。蹊,山路。　　[6]活(guō)活:水流声。嗷(jiào)嗷:猿猴啼叫声。　　[7]"沉冥"二句:谓清静寡欲,守道不贰。沉冥,沉默、清静。守道,遵守养生之道。不携,指没有二心。　　[8]"心契"二句:谓九秋的松柏与心相契;三春的景色令人悦目。九秋,秋天,一秋九十天,故称。目玩,用眼睛审视、欣赏。三春,即春天,因为春季三个月。荑(tí),草木的初生嫩叶。　　[9]"居常"句:用《列子·天瑞》典故。荣启期自谓有三乐,并言:"贫者士之常也,死者人之终也,处常得终,当何忧哉!"居常,甘处贫穷。处顺:采取顺应自然的态度。安排:安于推移。指达到道家物我不分、人天合一、无忧无乐的境界。　　[10]同怀客:志趣相同的朋友。青云梯:传说中架于青天白云间的梯子,登之可以升天成仙。此亦指登高抒怀。

赏　析

《登石门最高顶》写诗人在石门山所见所闻。所见者如疏峰、高馆、对岭、回溪、长林、积石、连岩、密竹等;所闻者如流泉、猿啼等。面对所见所闻,诗人表示要坚守节操,守道不贰,顺应自然,以终天年。最后慨叹"惜无同怀客",没有志同道合的朋友一起寄情山水、登高抒怀。谢灵运山水诗的特点正如《文心雕龙》

所谓"极貌以写物",尽力捕捉山水景物的客观之美,并不遗余力地勾勒描绘,予以真实再现。《登石门最高顶》亦不例外,如林木森森以"长林"称之、岩石纵横以"连岩"称之等,都是诗人仔细观察后给出的描述。诗人不厌其烦,将所见山水自然状态一一予以真实呈现,而不是像以往的诗人那样满足于写意,这正是谢灵运为山水诗开创的一条新路。

石门岩上宿[1]

朝搴苑中兰,畏彼霜下歇。[2]

暝还云际宿,弄此石上月。[3]

鸟鸣识夜栖,木落知风发。

异音同致听,殊响俱清越。[4]

妙物莫为赏,芳醑谁与伐。[5]

美人竟不来,阳阿徒晞发。[6]

(《谢灵运集校注》)

注 释

[1]诗题一作《夜宿石门》。 [2]搴:拔取,摘取。歇:衰竭,凋零。 [3]暝:天黑,黄昏。云际:形容石门山之高。弄:赏玩。 [4]异音:不寻常的声响,指美妙动听的天籁。致听:一

作"至听"。极为动听。殊响：与"异音"同义。清越：清脆悠扬。　[5]妙物：美好的景物。莫为赏：指无人与自己一起欣赏。芳醑：芳香的美酒。伐：赞美。　[6]"美人"二句：谓好友竟没有来，我白白地在这里等到天明。美人，指友人。阳阿，古代神话传说中太阳初出经过的地方。晞发，晒干头发。

赏　析

　　这首诗可分为三部分：首四句为第一部分，写早上外出采摘兰花，晚上回归石门赏月，所为皆芳洁之事；中四句为第二部分，写夜深人静，鸟鸣声、叶落声，此起彼伏，美妙动听，声声入耳；最后四句为第三部分，慨叹美景佳酿无人共享，流露出孤高落寞的情绪。此诗的景物描写，不是写眼中所见，而是写耳中所闻；不是写事物的形象，而是写大自然的声音，可谓别出心裁。其中"鸟鸣识夜栖，木落知风发"二句，写因听到鸟鸣声而知道树林里有夜栖之鸟，听到落叶声而知道有风从树林中吹过。不假雕琢，朴素自然，成功地创造了一种静谧的意境，避免了谢灵运某些诗过于追求"俪采百字之偶，争价一句之奇"（《文心雕龙·明诗》）的弊病，深为历代诗评家称道。

张友竹　竹松图

诗话
浙江

唐五代

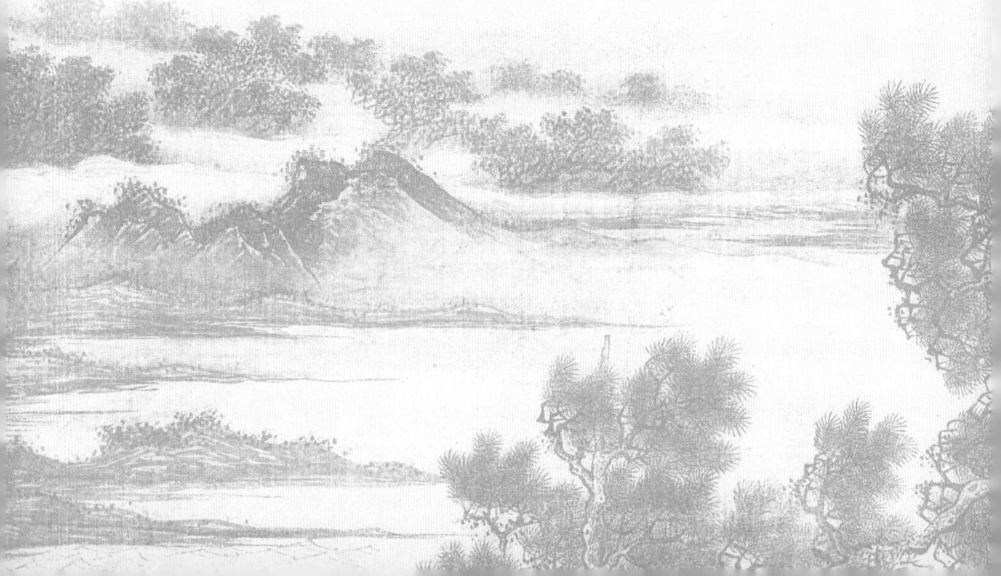

孙 逖

孙逖(696—761),字子成,潞州涉县(今属河北)人。天资聪敏,自幼能文。年十五,雍州长史崔日用令其作赋,挥笔成文,崔日用见之惊叹,以是声誉益重。开元初,制举登科,授山阴尉。官至太子詹事。善诗,古调今格,悉其所长。著有《孙逖集》二十卷,今存一卷。

送杨法曹按括州[1]

东海天台山,南方缙云驿。[2]

溪澄问人隐,岩险烦登陟。[3]

潭壑随星使,轩车绕春色。[4]

傥寻琪树人,为报长相忆。[5]

(《唐五代诗全编》卷一六四)

注 释

[1]法曹:职官名。掌刑法诉讼。按:巡视。括州:即处州,今丽水市。隋开皇九年(589),分松阳县置括苍县,废永嘉郡置处州。开皇十二年,改处州为括州。唐天宝元年(742)改为缙云郡,乾元

明　李永昌　仿元人山水图

元年（758）复为括州。大历十四年（779）避德宗讳改为处州。　[2]天台山：位于台州天台北，杨法曹乃赴括州，非台州，因台州与括州毗邻，借以引出括州。"南方"句：指一路向南进入括州。缙云驿，路上经过的括州驿站。括州旧为缙云郡，故名。　[3]溪澄：溪水澄澈。谢灵运赴永嘉太守任，其《答从弟书》有云："出恶江至大溪，水清如镜。"人隐：避世隐居之人。此泛指当地百姓。因处州远离闹市，有如桃花源，当地百姓日出而作，日入而息，故把他们称之为"人隐"。登陟（zhì）：攀登。陟，登高。　[4]潭壑：深壑。指路上经过的高山深谷。星使：古时认为天节八星主使臣事，因称帝王的使者为星使。轩车：有屏障的车，原为古代大夫以上所乘。后亦泛指车。　[5]"傥寻"二句：意思是说倘使找到了仙人，请及时相告,免使思念。傥,同"倘"。倘若,倘使。琪树,仙境中的玉树,挺秀洁白如玉。琪树人,即仙人。相忆,想念。

赏　析

　　处州远离中原,出使处州,山高路远,可不是一件轻松的事,诗人用"溪澄问人隐,岩险烦登陟"二句,想象一路所要经历的艰辛。但诗人借处州与台州毗邻,有意点出这次出使与天台山的关系。南朝刘义庆《幽明录》载有刘晨、阮肇共入天台山遇仙女的故事,可知杨法曹出使的地方,乃是洞天福地,说不定就能遇到"琪树人"(神仙)。既然如此,一路的艰辛算得了什么。诗人巧妙地把杨法曹的出使与寻仙访道相联系,诗中所选用的意象如"人隐""星使""春色""琪树人"等,让人恍惚远离了凡间,由此,原本令人望而生畏的差使,在诗人笔下变成了一件令人充满期待的寻访仙境的美事。当然,诗人的奇思妙想源于处州缙云山作为道教名山给予诗人的美好印象。

王　维

　　王维（701—761），字摩诘，原籍太原祁州（今山西祁县），徙家蒲州（今山西永济）。开元九年（721）进士，累官给事中。天宝九载（750）丁母忧，隐居辋川别业。天宝十五载，安史乱军陷长安，王维时官给事中，扈驾不及，为叛军所获，被迫受伪职。长安收复后，责授太子中允。乾元年间任尚书右丞，故世称"王右丞"。晚年笃志奉佛，亦仕亦隐。与孟浩然并为盛唐山水田园诗派代表。其诗融禅趣、诗情、画意为一体，有"诗佛"之称。有《王右丞文集》十卷传世。

送缙云苗太守[1]

手疏谢明主，腰章为长吏。[2]

方从会稽邸，更发汝南骑。[3]

按节下松阳，清江响铙吹。[4]

露冕见三吴，方知百城贵。[5]

（《王维集校注》卷四）

注　释

[1] 缙云：指缙云郡，即后来的处州。苗太守：即苗奉倩，天宝七载（748）为缙云郡太守。　　[2] 手疏：亲自写奏疏。腰章：腰佩印章。长吏：旧称地位较高的官员。此指郡太守。　　[3] "方从"句：《汉书·朱买臣传》载，朱买臣因建言献策，拜为会稽太守，当即从京城住所会稽邸出发赴任。"更发"句：《晋书·王湛传》载，王湛博学多才，且善骑马。因曾官汝南内史，故称"汝南骑"。　　[4] 按节：依一定节奏而行，表示徐行。松阳：松阳县始建于东汉建安四年（199），属会稽郡，是丽水地区建置最早的县，在没有处州、缙云郡之前就已存在。此以松阳代指缙云郡。铙（náo）吹：指演奏铙歌。铙歌，军中乐歌，为鼓吹乐的一部。　　[5] 露冕：《后汉书·郭贺传》载，郭贺任荆州刺史，为政有方，深得百姓爱戴。汉明帝赐以"三公之服，黼黻冕旒"以示嘉奖，并命其出行时撤去轿上帷幕，使百姓能见到皇帝所赐服装。后遂成为官员治政有方、皇帝恩宠有加的典故。三吴：指吴郡、吴兴、会稽。缙云郡汉时属会稽郡，故亦可视为三吴之地。百城：指太守所辖境。借指太守。

赏　析

《送缙云苗太守》系送苗奉倩赴任缙云郡太守而作。诗写苗奉倩腰佩太守印，辞别明君，离京赴任。出行的队伍不慌不忙；出行的铙歌在江边响起。"露冕见三吴，方知百城贵"，最后两句预祝苗太守到任后政绩卓著，像当年郭贺那样受到皇帝的恩宠，"褰帷露冕"，在江南大地受到众人瞩目，让大家都知道苗太守有多么尊贵。诗人以充满豪情的语气写苗太守赴任，在遣词用语上，有意识地句句使用动词，使得整首诗节奏明快，动感十足，满带喜庆。善用典故也是本诗的特色。通过典故中的历史人物，隐含着对苗奉倩的赞美，乃不写之写。苗奉倩到任后，有一件事长远地影响了处州，尤其影响了缙云。唐天宝七载（748），苗奉倩上奏朝廷，称"有彩云起于李溪源，覆绕缙云山独峰之顶，云中仙乐响亮，鸾鹤飞舞，俄闻山呼万岁者九，诸山皆应，自申至亥乃息"。推崇道教的唐玄宗于是敕封缙云山为仙都山，改"缙云堂"为"黄帝祠宇"。自此，黄帝文化进一步在缙云扎根，仙都之名一直沿用至今。

楼辛壶　山水图

李　白

　　李白（701—762），字太白，号青莲居士，祖籍陇西成纪（今甘肃静宁西南），出生于中亚碎叶城。五岁随父迁居绵州昌隆县（今四川江油）青莲乡。天宝二年（743），被玄宗召入长安为翰林供奉，因称"李翰林"。在长安，大诗人贺知章一见，叹为"谪仙人"，从此号为"诗仙"。安史之乱中，因参加李璘的幕府，被牵累而长流夜郎，途中遇赦。晚年漂泊东南一带，病卒于当涂。有《李太白集》三十卷。李白与杜甫齐名，并称"李杜"。没有证据能证明李白到过处州，但他的《送王屋山人魏万还王屋》对处州山水的描写却生动传神，堪称经典。

送王屋山人魏万还王屋（节选）[1]

　　王屋山人魏万，云自嵩、宋沿吴相访，数千里不遇。[2] 乘兴游台、越，经永嘉，观谢公石门，后于广陵相见。[3] 美其爱文好古，浪迹方外，因述其行而赠是诗。[4]

　　缙云川谷难，石门最可观。[5]

　　瀑布挂北斗，莫穷此水端。

　　喷壁洒素雪，空蒙生昼寒。

却思恶溪去,宁惧恶溪恶?[6]

咆哮七十滩,水石相喷薄。

路创李北海,岩开谢康乐。[7]

松风和猿声,搜索连洞壑。

(《李白全集编年笺注》卷一一)

注 释

[1]魏万:后更名魏颢,别号王屋山人,是李白的崇拜者。后受李白之嘱于上元初编成《李翰林集》,有《李翰林集序》传世。王屋:山名,大致位于今山西阳城、垣曲与河南济源之间,山有三重,其状如屋,故名。是中国古代名山,也是道教十大洞天之首。　[2]嵩:嵩州,故治在今河南登封。宋:宋州,故治在今河南商丘南。　[3]台:指台州,即今浙江临海。越:指越州,即今浙江绍兴。永嘉:永嘉郡,今浙江温州。谢公石门:指谢灵运游览过的青田石门洞。广陵:扬州。　[4]浪迹方外:指魏万超脱世俗的追求。方外,尘世之外,世外。　[5]缙云:指缙云郡。天宝元年(742)由括州改。川谷难:指山川河谷险峻,行走困难。石门:青田石门洞。即序中所称"谢公石门"。　[6]恶溪:发源于大盘山(今属浙江磐安),经缙云,入丽水(今丽水市莲都区),汇入大溪(瓯江上游之称)。　[7]李北海:即李邕,著名书法家,因曾任北海太守,故称。开元二十三年(735)李邕出任括州刺史,在任期间,曾开辟丽水至缙云的岭路。李白自注"李公邕昔为括州,开此岭路"。"岩开"句:原诗有李白自注"恶溪有谢康乐题诗处"。岩,指谢公岩,谢灵运曾题诗于上,故名。

赏　析

天宝十二载（753）秋，魏万因仰慕李白，离开王屋，一路寻访李白，后乘兴又游浙东，行程三千里，第二年终于在广陵与李白相遇，两人一见如故，成就了一段诗坛佳话。李白对魏万十分称许，夸赞他"爱文好古"，预言他将来"必著大名于天下"，并将自己的全部诗文交付魏万，请他帮忙编辑成书。两人同游金陵，分手时，李白根据魏万所述的游历经过作此诗以赠。全诗很长，堪称山水画长卷，所选片段为魏万游历处州部分。李白用一"难"字概括处州山水特点，极为准确。诗人运用杰出的浪漫主义手法，对石门瀑布、恶溪险滩、括苍岭路等作了精彩描写，富有气势，令人叹绝，让人误以为是李白亲历亲见，由此很多人都以为李白到过处州，这也正说明此诗写得很成功。

高　適

　　高適（约700—765），字达夫，郡望渤海蓨县（今河北景县），客居宋州宋城县（今河南省商丘市睢阳区）。仕途初不顺，天宝八载（749），始授封丘县尉。十二载，入陇右节度使哥舒翰幕府，受到器重。唐肃宗时，为淮南节度使，历彭、蜀二州刺史，剑南西川节度使，宦途显达，官终左散骑常侍，封渤海县侯，世称"高常侍"。系盛唐边塞诗派代表，与岑参并称"高岑"。其诗风骨遒劲，气韵雄浑，尤长歌行，洋溢着盛唐时期所特有的奋发进取、蓬勃向上的时代精神。有《高常侍集》十卷传世。

宋中送族侄式颜时张大夫贬括州使人召式颜遂有此作[1]

大夫击东胡，胡尘不敢起。

胡人山下哭，胡马海边死。

部曲尽公侯，舆台亦朱紫。[2]

当时有勋业，末路遭谗毁。[3]

转旆燕赵间，剖符括苍里。[4]

弟兄莫相见,亲族远枌梓。[5]

不改青云心,仍招布衣士。

平生怀感激,本欲候知己。[6]

去矣难重陈,飘然自兹始。

游梁且未遇,适越今可以。[7]

乡山西北愁,竹箭东南美。[8]

峥嵘缙云外,苍茫几千里。[9]

旅雁悲啾啾,朝昏孰云已。

登临多瘴疠,动息在风水。[10]

虽有贤主人,终为客行子。[11]

我携一樽酒,满酌聊劝尔。

劝尔惟一言:家声勿沦滓。[12]

(《高適集校注》)

注 释

[1] 宋中:宋州系诗人当年客居之地。张大夫:即张守珪。唐时称将帅为大夫。张守珪(?—739),陕州河北(今山西平陆)人,唐朝名将。因战功卓著,累官至辅国大将军、右羽林大将军,赐南阳郡开国公。在唐玄宗李隆基统治期间,多次与突厥、吐蕃、契丹作战,是

抵御北方入侵的著名将领，为"开元之治"做出了很大贡献。后因战事失利，掩饰败绩，遭仇人举劾，贬任括州刺史。　[2]部曲：部下、属从。舆台：指地位低的人。朱紫：朱衣紫绶，形容高官显爵。　[3]遭谗毁：指张守珪受到仇人举劾。事见《旧唐书·张守珪传》。　[4]"转旆"句：指张守珪罢幽州节度使，自燕赵返回。转旆，调转军旗，意即班师回返。"剖符"句：指张守珪被贬为括州刺史。剖符，古代帝王分封诸侯、功臣时，以竹符为信证，剖分为二，君臣各执其一，后因以"剖符""剖竹"为分封、授官之称。　[5]枌梓：指代乡里。　[6]感激：感奋激发。　[7]"游梁"二句：指族侄式颜当初游历梁地未能得到重用，如今前往越地或许可以有所作为。梁，在今河南省开封市西北。越，指括州。括州古属越国。　[8]乡山：指故乡。竹箭：用于做箭的细竹。　[9]崢嵘：高峻的山峰。缙云：括州缙云县有缙云山。为道教名山。苍茫：辽阔遥远而望不到边。　[10]"登临"二句：诗人叮咛族侄式颜要保重身体，登山临水时要防止被瘴气所感；动止之间要留意天气和地形。瘴疠，指瘴气。南方多丛林，山林间能致病的湿热之气。动息，行动和止息。　[11]贤主人：指张守珪。　[12]沦滓：沦落玷辱。

赏　析

此诗作于开元二十七年（739）。张守珪被贬任括州刺史后，遣人招纳高适的族侄式颜前去，高适遂作此诗送别。诗歌脉络清晰，起首八句赞美张守珪战功赫赫，对其遭贬深表惋惜。继之"转旆燕赵间"六句，对张守珪虽被贬而不改青云之志，仍致力于罗致人才倍加称许。"平生怀感激"以下十二句，转写族侄式颜，夸赞其为性情中人，平生感奋激发，相信其被张守珪招致后，当不会自甘碌碌。但远离乡关，前往千里之外的越地，前路茫茫，肯定会有很多曲折，故担忧与期望兼而有之。"登临多瘴疠"四句，再三叮咛族侄式颜，不论前路如何，都要保重身体，关切之情溢于言表。末四句，表明道别之意，千言万语一句话，"劝尔惟一言：家声勿沦滓"，可谓语重心长。全诗夹叙夹议，语言刚健质朴，情感跌宕起伏。诗人虽有对张守珪被贬的同情、对侄子的担忧，但主基调仍积极向上，透过诗作，仍可以从中感受到奋发进取的盛唐之音。附带一提的是，张守珪贬任括州刺史第二年，病逝于任所，一代名将就此陨落。

郭密之

郭密之，或为幽蓟间人。开元十九年（731）高适北游蓟门，曾拜访王昌龄、郭密之，留诗而去。天宝八载（749）任诸暨令，建义津桥，筑放生湖，便利百姓。事迹见阮元《两浙金石志》卷二。今存诗二首，均刻于青田石门洞月洞床岩壁。

永嘉经谢公石门山作

绝境经耳目，未尝旷跻登。[1]

一窥石门险，载涤心神憕。[2]

洞壑閟金涧，敧崖盘石楞。[3]

阴潭下幂幂，秀岭上层层。[4]

千丈瀑流骞，半溪风雨恒。[5]

兴余志每惬，心远道自弘。[6]

乘韬广储偫，祗命愧才能。[7]

辍棹周气象，扪条历骞崩。[8]

忽如生羽翼，恍若将起腾。

谢客今已矣,我来谁与朋。[9]

(《唐五代诗全编》卷二一九)

注 释

[1]绝境:极远之境。指石门洞与诗人相距很远。绝,极远。经耳目:指有关石门洞耳曾得闻、书曾得读,并不陌生。旷跻登:未曾攀登。 [2]"一窥"二句:指登临石门洞,不仅可以窥探石门之险,而且还能洗涤懵懂的心智。 [3]闵金洞:为溪涧所掩蔽。闵,古同"闭",掩蔽。攲(qī)崖:倾斜的悬崖。攲,歪,倾斜。石楞:多棱的山石。楞,棱角。 [4]幂幂:浓密貌;覆被貌。 [5]蹇:不顺利。指水流受阻。风雨:指激流冲击产生的水雾如同风雨。 [6]心远:心情超逸,胸怀旷达。道自弘:指思想境界自然会开阔。 [7]"乘轺(yáo)"句:指乘车出行,增长见识,开阔视野。轺,古代轻便的马车。储偫,积聚储存知识。祗命:犹奉命。 [8]辍棹:停船。棹,船桨。船的代称。周气象:指周览石门洞景观。扪条:抓住树枝藤条。历骞崩:指从崩塌的山崖边经过。骞崩,坍圮。 [9]谢客:谢灵运。谢灵运小名客儿,故称。今已矣:指谢灵运已经不在人世。

赏 析

  此诗写青田石门洞之游。诗人对石门洞景色作了相当具体的描述:洞壑为溪涧所掩蔽,倾斜的悬崖上盘着多棱的巨石;下有碧潭幽深,上有山岭重重;千丈瀑布横冲直撞,半条溪流水雾蒸

楼辛壶　幽涧泻瀑图

腾，景色非常壮观。还写了自己"扪条历毳崩"，攀援藤条树枝，从崩塌的悬崖下冒险深入石门洞的经过。身在飞瀑之下，有一种"忽如生羽翼"的梦幻之感，像是长出翅膀，恍惚要飞腾起来。石门洞之游，不仅"一窥石门险"，似乎还能洗涤心神，"载涤心神懵"，诗人自觉"心远道自弘"，心胸豁然开朗。最后想到石门洞的发现者谢灵运，惋惜不能与其结伴而游。诗歌写石门洞，主要抓住"险"字做文章，描写颇为生动。此诗系谢灵运之后，较早描写石门洞的诗作，对后世有相当大的影响。

吴 筠

吴筠（？—778），字贞节，华州华阴（今属陕西）人。少通经，善属文。举进士不第，乃入嵩山师事潘师正为道士。唐玄宗闻其名，遣使征至，待诏翰林。天宝中，东游会稽，隐居于剡中，与李白、孔巢父等相酬和。大历十三年（778），卒于越中。

题缙云岭永望馆[1]

人惊此路险，我爱山前深。
犹恐佳趣尽，欲行且沉吟。

（《唐五代诗全编》卷一六八）

注 释

[1]缙云岭永望馆：处州缙云县有缙云山，缙云岭当指缙云山之岭，岭上有驿馆，名永望馆。

赏 析

此诗没有正面描写缙云岭之景，但惊险之状仿佛如见。"人惊此路险，我爱山前深"，路越险佳趣越多，就看行人如何对待。赶路的人与赏景的人、悲观的人与乐观的人，面对相同的景，感受截然不同，诗中所蕴含的哲理之思，耐人品味。

清　陆恢　山水图

刘长卿

　　刘长卿（？—约790），字文房，河间（今河北献县）人，一说宣州（今属安徽）人。天宝年间进士。安史之乱时，避地江东。至德二年（757）任长洲尉，历官南巴尉、殿中侍御史等。大历九年（774）贬睦州司马，十四年升随州刺史。刘长卿诗名颇著，尤擅五律，自许"五言长城"。其诗孤寂萧索，与盛唐诗风大异其趣。有《刘随州文集》十一卷传世。

饯王相公出牧括州 [1]

缙云讵比长沙远，出牧犹承明主恩。[2]

城对寒山开画戟，路飞秋叶转朱轓。[3]

江潮渺渺连天望，旌旆悠悠上岭翻。

萧索庭槐空闭阁，旧人谁到翟公门！[4]

（《刘长卿集编年校注》）

注　释

[1] 此诗大历十二年（777）秋作。王相公：指王缙，王维弟。广德二年（764）起为宰相。大历十二年因受宰相元载牵连，贬括州刺

史。 [2]缙云：此指缙云郡，非指缙云县。长沙：汉贾谊被贬谪长沙。出牧：出朝任地方长官。 [3]画戟：有彩画的戟。唐制，凡庙社、宫殿之门，诸府州公门，设架列戟，以为威仪，贵官私第亦赐之。幡（fān）：古代车箱两旁反出如耳的部分，用以隐蔽尘泥。朱幡为太守车。 [4]庭槐：《周礼·秋官·朝士》："面三槐，三公位焉。"后以庭槐借指三公之位。闭阁：罢相的婉辞。阁，东阁。东厢的居室或楼房。古代称宰相招致、款待宾客的地方。翟公门：此指门庭冷落。《史记·汲郑列传》："始翟公为廷尉，宾客阗门；及废，门外可设雀罗。"后因以"翟门"为门庭盛衰之典实。

赏 析

　　此诗为王缙赴任括州刺史饯行。王缙本为宰相，因事被贬。首联，诗人貌似安慰王缙，括州不比长沙远，到括州任职，总好过当年汉代贾谊被贬长沙，所以出任括州刺史，也算是皇帝对王缙的恩宠。但诗人话中有话，实际上是替王缙打抱不平。颔联写括州刺史府虽有画戟、朱幡装点，不乏威仪，但面对寒山、秋叶，愈显得萧索寂寥。颈联写刺史出巡，江水连天，不见尽头；山岭绵延，旌旗悠悠，一派荒凉。尾联揭露了世态炎凉。自从王缙被免去宰相职务后，门庭冷清，当年奔走其间的人，还有谁愿意登门？刘长卿的诗歌以情调冷落寂寞、风格凄清悲凉为特色。诗人写此诗时，正是被贬睦州司马之后，相似的遭遇更引起了诗人的共鸣，所以不免满腹牢骚。

耿 沣

耿沣（736—787），河东（今山西运城）人。宝应年间进士，为盩厔（今陕西周至）县尉。后入朝为左拾遗（一说右拾遗）。大历年间，以左拾遗充括图书使赴江淮，卢纶有诗相送。贞元初，迁大理司法。工于诗，系"大历十才子"之一，与钱起、卢纶、司空曙诸人齐名。有《耿沣集》二卷传世。

送叶尊师归处州[1]

风驭南行远，长山与夜江。

群妖离分野，五岳拜旌幢。[2]

石髓调金鼎，云浆实玉缸。[3]

狋狋吠声晓，洞府有仙厖。[4]

（《唐五代诗全编》卷三六六）

注 释

[1]叶尊师：其人不详。处州松阳叶法善（616—722）出身道教世家，为唐代著名道士，授金紫光禄大夫，拜鸿胪卿，封越国公。然作者写此诗时，叶法善已离世。　[2]分野：与星次相对应的地域。古以

十二星次的位置划分地面上州、国的位置。五岳：此指管理五岳的山神。旌幢：指叶尊师出行的仪仗。　　[3]石髓：即石钟乳。古人用于服食。金鼎：炼丹之鼎炉。　　[4]狺(yín)狺：同"狺"。犬吠声。仙厖（máng）：仙犬。厖，通"尨"。多毛犬。亦泛指犬。

赏　析

　　处州松阳叶氏为道教世家，著名于世者，前有叶静能、叶法善，后有叶藏质等。题中叶尊师当亦出自叶氏家族，其人待考。诗人送叶尊师归处州，直将其作神仙写。首联写叶尊师御风南行，有一种凌驾山河之势，"长山""夜江"，皆空中俯视所见。颔联写所过之处，群妖远避，五岳来拜，足见其在仙界中的地位之高。颈联写叶尊师归至卯山洞府后，以石髓炼制仙丹，以玉缸盛云浆为食，忙于仙事。尾联以洞府中得道仙犬于拂晓中狺狺而吠作结。诗人以仙笔写仙人，其笔下的叶尊师，俨然仙界领袖，所过之处，连五岳亦得前来参拜，想象之大胆，令人咋舌。唐大历时期的诸多诗人，因自感生不逢时，多意气消沉。或许正是对现实的失望，才表现出对道教天师的狂热追崇吧。

丘 丹

丘丹，嘉兴（今属浙江）人。建中初（780年前后）在世。唐大历初为诸暨令，后奉使永嘉。历检校尚书户部员外郎，兼侍御史。贞元初，隐临平山。与韦应物、鲍防、吕渭诸牧守往还。存诗十一首。

奉使过石门瀑布

谢康乐，宋景平中为永嘉守，有《宿石门岩上》诗。[1] 予六代叔祖梁中书侍郎，天监中有《过石门城瀑布》诗，后亦为此郡。[2] 小子大历中奉使，窃有继作，虽不足克绍祖德，追踪昔贤，盖造奇怀感之志也。[3]

溪上望悬泉，耿耿云中见。[4]

披榛上岩巘，绝壁正东面。[5]

千仞泻联珠，二潭喷飞霰。[6]

嵯灂满山响，坐觉炎氛变。[7]

照日类虹霓，从风似绡练。[8]

灵奇既天造，惜处穷海甸。[9]

吾祖昔登临，谢公亦游衍。[10]

王程惧淹泊，下磴空延眷。[11]

千里雷尚闻，峦回树葱蒨。[12]

崩波恭贱役，探讨愧前彦。[13]

永欲洗尘缨，终当惬兹愿。[14]

（《唐五代诗全编》卷一八八）

注　释

[1]《宿石门岩上》：指谢灵运《石门岩上宿》诗。　　[2]六代叔祖：指丘迟。丘迟（464—508），字希范，吴兴乌程（今浙江湖州）人。南朝文学家。梁朝时，曾任永嘉太守。官至司徒从事中郎。亦为此郡：指亦如谢灵运出任永嘉太守。　　[3]小子：作者自称。克绍：能够继承。造奇怀感：指写诗抒发情怀。志：心意。　　[4]悬泉：指石门洞瀑布。耿耿：醒目貌，高远貌。　　[5]披榛：砍去丛生之草木。岩巘：峰峦。　　[6]联珠：连串的珍珠。飞霰：飞落的雪子。霰，空中降落的小冰粒，多在下雪前出现。　　[7]嵯灙：指陡崖下的急流声。炎氛：热气，暑气。　　[8]绡练：洁白的薄纱。　　[9]穷海甸：指僻处海隅。海甸，近海地区。　　[10]游衍：恣意游逛，畅游。　　[11]王程：奉公命差遣的行程。淹泊：停留，滞留。延眷：依恋不舍。　　[12]葱蒨：草木青翠茂盛貌。　　[13]贱役：卑贱的职事。探讨：指对石门洞作深入考察。前彦：指谢灵运、丘迟等前辈。　　[14]尘缨：比喻尘俗之事。惬兹愿：指心满意足地游览石门洞。

赏　析

　　诗写公务在身，顺道一游石门洞。石门瀑布远远在望，诗人"披榛上岩巘"，"披榛"二字，可知当时石门洞还没有很好开发，行走相当困难。对于石门洞景色，诗人重点写了石门飞瀑。瀑布飞泻而下，如联珠，如飞霰，在山中轰鸣，坐在其下，暑气顿消。日光下，飞流而下的瀑布幻化出彩虹；山风过处，如洁白轻纱。"灵奇既天造，惜处穷海甸"，如此天造地设的景观，可惜僻处海隅，前来游玩的只有谢灵运和自己的先祖等少数人而已。诗的最后，诗人感慨公务在身，不得不匆匆离去，所以希望有朝一日，"永欲洗尘缨"，洗却风尘，摆脱俗务，再也没有世事的牵绊，心满意足地再来好好游玩。此诗亦属早期石门洞诗，诗歌把石门洞景色之美与自己的身不由己联系起来，引发了后来诗人诸多思考。

刘言史

刘言史（？—约812），邯郸（今河北邯郸）人，或谓洛阳（今河南洛阳）人。王武俊任成德军节度使时，颇好文学，为之请官，诏授枣强令，以疾辞未就，世因称"刘枣强"。与李贺同时，诗风亦近似。与孟郊友善。事见皮日休《刘枣强碑》，及《唐才子传》。据其诗，刘言史到过处州，然何时何因到处州不详。

处州月夜穆中丞席和主人[1]

羌竹繁弦银烛红，月光初出柳城东。[2]

忽见隐侯裁一咏，还须书向郡楼中。[3]

（《唐五代诗全编》卷四〇〇）

注 释

[1]穆中丞：当为时任处州刺史。具体不详。　[2]羌竹：羌笛。亦称羌管。中国古老的单簧气鸣乐器。柳城：指处州郡城。其时郡城尚在大溪与好溪相汇处的洞溪岛上。　[3]隐侯：南朝诗人沈约，封建昌县侯，谥号"隐"，故称"隐侯"。

赏　析

　　诗写参与处州刺史穆中丞举办的晚宴。正是月出东山之时，宴席上，繁弦急管、银烛高照，宾主尽欢。主人穆中丞才思敏捷，席间顷刻赋诗一首。"忽见隐侯裁一咏"，一"裁"字，用法新颖，与贺知章"不知细叶谁裁出"可谓同工异曲。作者将穆中丞所作之诗，比作剪刀精心裁就，以赞其精致，生动形象。作者又将穆中丞之诗与南朝著名诗人沈约之诗相比，以赞其成就之高。沈约当年任东阳郡太守时，《八咏楼诗》传颂一时，作者认为穆中丞的诗也应该题写在郡楼上，千古流芳。刘言史此诗，虽为席间应酬之作，但透过其诗，可知当年远离中原的处州，诗歌创作氛围亦相当浓厚，而"羌竹繁弦"的热闹，亦无异中原。据刘言史之诗，可知处州郡治在洞溪岛时期，有"柳城"之雅称。柳城，当因洞溪岛上多柳树，故称。

韩　愈

韩愈（768—824），字退之，河南河阳（今河南孟州）人。贞元八年（792）进士。曾任节度推官、监察御史、国子博士、中书舍人、国子祭酒等职。晚年官至吏部侍郎，人称"韩吏部"。韩愈诗文兼擅，是唐代古文运动领袖，有"文起八代之衰"之誉，被尊为"唐宋八大家"之首，与柳宗元并称"韩柳"。其诗与孟郊齐名，并称"韩孟"。有《昌黎先生集》四十卷传世。

处州孔子庙碑附诗[1]

惟此庙学，邺侯所作。[2]

厥初庳下，神不以宇；[3]

生师所处，亦窘寒暑。[4]

乃新斯宫，神降其献；[5]

讲读有常，不诚用劝。[6]

揭揭元哲，有师之尊；[7]

群圣严严，大法以存。[8]

像图孔肖，咸在斯堂；[9]

以瞻以仪,俾不惑忘。[10]

后之君子,无废成美;[11]

琢词碑石,以赞攸始。[12]

(《韩昌黎文集校注》卷七)

注 释

[1]处州孔子庙碑:元和十五年(820)韩愈任国子祭酒时,应处州刺史李繁之约而作。文末有诗,单独录入本书。题目系编者所加。 [2]庙学:设于孔庙内的学校。邺侯:李繁系邺侯李泌之子。 [3]厥初:最初,当初。庳(bì)下:低下,低矮。神不以宇:指所祀孔子等圣贤,没有像样的庙宇。 [4]窘寒暑:指师生寒暑无庇护之所而困窘。 [5]乃新斯官:于是新建孔庙。神降其献:神灵降临,歆享所供祭品。 [6]讲读有常:指新建孔庙后,师生讲授、攻读得以按时进行。有常,常规。不诫用劝:不用劝诫,师生都很勤勉。劝,勉励。 [7]揭揭元哲:伟大的先师孔子。揭揭,长貌,高貌。此用以形容孔子之伟大。有师之尊:有先师的尊严。 [8]群圣:指配祀的孔子门人及左丘明、孟子、荀子、董仲舒等圣贤。严严:端庄、威严。大法以存:儒学道统得以存续。 [9]像图孔肖:指庙中的塑像、图画惟妙惟肖。孔肖,非常相似。 [10]以瞻以仪:供人瞻仰与效法。俾不惑忘:使人们不疑惑、忘记。俾,使。 [11]无废成美:不要废弃修孔庙这件美事。 [12]琢词碑石:指把铭文雕刻在碑石上。以赞攸始:以赞扬尊孔风气之始。

赏 析

　　古代因庙设学，庙学合一，兴建孔庙，实则兴办学校。光绪《处州府志》载，李繁莅任处州刺史，"首建学宫于櫸山之巅，处州兴学自繁始"。诚如成化《处州府志》所云："自李邺侯兴学之后，儒业文风渐盛于东南矣。"李繁所建孔庙，为处州府学之始，乃处州教育史上重要事件。"百代文宗"韩愈应约为记，撰写《处州孔子庙碑》，不仅记录了这一重要历史事件，而且以其声望，使得处州孔庙名扬天下。《处州孔子庙碑附诗》，叙述了处州郡治未有孔庙时的窘况，先圣无所寄身，师生缺少庇护，同时也称颂了孔庙建成后"揭揭元哲，有师之尊；群圣严严，大法以存"的好处。最后，韩愈提出"后之君子，无废成美"，希望后来者能够把尊孔读书的风气保持下去，语重心长。因为碑记及附诗，处州的教育史留下了韩愈的印记，并长远地影响着处州学子。至宋康定间，处州知州孙沔择地新建府学，原李繁所建孔庙，改为县学。县学几经兴废，一直延续至民国。

刘禹锡

　　刘禹锡（772—842），字梦得，自言祖籍中山（今河北定州），出生于江南。贞元九年（793）登进士第，又登博学鸿词科。贞元末年参与"永贞革新"，失败后被贬朗州（今湖南常德）司马。元和十年（815）召回京师，后任连州、夔州、和州、苏州等州刺史。开成元年（836）授太子宾客、秘书监分司东都，世称"刘宾客"。与柳宗元并称"刘柳"，与白居易合称"刘白"。因诗风豪迈，有"诗豪"之称。有《刘宾客文集》四十卷行世。

松江送处州奚使君 [1]

吴越古今路，沧波朝夕流。[2]

从来别离地，能使管弦愁。[3]

江草带烟暮，海云含雨秋。

知君五陵客，不乐石门游。[4]

（《刘禹锡集笺证·外集》卷八）

注　释

[1]松江：今上海市松江区。奚使君：奚刺史。其人不详。　[2]吴越：

指江浙地区。该地区在春秋时属吴国、越国。其时刘禹锡在苏州任刺史。　[3]别离地：指饯别之地。"能使"句：指饯别的音乐充满了感伤。管弦，管乐器与弦乐器，泛指乐器。　[4]五陵：为西汉五个皇帝陵墓所在地。汉元帝以前，每立陵墓，辄迁徙四方富豪及外戚于此居住，令供奉园陵，称为陵县。故住在五陵的人非富即贵，多豪杰之士。石门：指青田石门洞。

赏　析

　　此诗系送别之作。首联出语不凡，"吴越之路"，古今不变，"沧波朝夕"，时刻长流，诗人站在天地之间，勾勒出一幅苍茫的历史画面。再写到眼下的送别，"从来别离地，能使管弦愁"，以管弦也发愁，只能发出忧伤的曲调，写离别之不舍。颈联"江草带烟暮，海云含雨秋"，想象朋友赴任之地处州的景色，"烟暮""雨秋"，透着凄清，为尾联作铺垫。"知君五陵客，不乐石门游"，奚使君本是五陵豪客，见过大世面，想必不乐意前往偏僻的处州石门洞游玩。此诗把离别放在历史长河中加以叙述，境界高迈，让人于离别中感受到了历史的沉重与人世的沧桑。诗中特别提到了"石门游"，可见在唐代，青田石门洞已广为人知。无疑，这要归功于谢灵运的石门诗。

姚　合

姚合（777—843），陕州（今河南省三门峡市陕州区）人，郡望吴兴武康（今浙江德清）。元和十一年（816）登进士第，授武功县主簿，世称"姚武功"。历任监察御史、户部员外郎、金州刺史、杭州刺史、户部郎中、谏议大夫等职。与贾岛友善，诗亦相近，世称"姚贾"。擅长五律，以幽折清峭见长，善于摹写自然景物及表现萧条官况，时有佳句。有《姚少监诗集》十卷等传世。

送右司薛员外赴处州 [1]

怀中天子书，腰下使君鱼。[2]

瀑布和云落，仙都与世疏。[3]

远程兼水陆，半岁在舟车。

相送难相别，南风入夏初。

（《姚合诗集校注》卷一）

注　释

[1] 右司薛员外：其人不详。唐尚书省下设有左右司员外郎各一员。
[2] 天子书：皇帝诏书。使君鱼：刺史佩带的鱼袋。鱼袋，唐代官吏所

佩盛放鱼符的袋。因形似鱼，故称。唐代京官五品以上、诸州刺史佩带。　[3]"瀑布"二句：以处州石门洞瀑布、道教名山仙都指代处州。

清　陆𬀩　关山行旅图

赏　析

此诗为送别之作。首联开门见山，写薛员外被委以重任——怀揣皇帝诏书，腰佩刺史鱼袋。颔联写薛员外赴任之地处州，诗人以云中飞落的石门瀑布、道教名山仙都作为处州的代表景观。既写出了处州景色之美，又写出处州与世疏远，远离中原。颈联写赴任，因路途遥远，山长水阔，大半年要在船中、车中度过。既写出了薛员外赴任之辛苦，也流露了诗人的关怀之情。尾联写惜别之情，虽为送别，却不忍分别，南风似乎也颇解人意，习习吹拂，好像要把人挽留住。姚合是晚唐著名苦吟诗人，注重锤字炼句，明胡应麟曾以"清新奇僻"评其诗。但此诗锤炼而不见痕迹，出语自然，感情真挚，有清新之美，而无奇僻之弊。

徐　凝

徐凝，睦州（今浙江建德）人。与白居易、元稹同时而稍晚。受知于元、白，元和间已有诗名，方干曾师事之。后游于长安，竟不成名（一说"官至侍郎"），遂归隐故乡，优游而终。人呼为"徐山人"。缙云仙都有徐凝故宅。

题缙云山鼎池二首（其一）[1]

黄帝旌旗去不回，空余片石碧崔嵬。[2]

有时风卷鼎湖浪，散作晴天雨点来。

（《唐五代诗全编》卷六八〇）

注　释

[1] 缙云山：即仙都山，道教名山，三十六小洞天之一。唐司马承祯《天地宫府图·三十六小洞天》："第二十九仙都山洞：周回三百里，名曰仙都祈仙天，在处州缙云县，属赵真人治之。"鼎池：仙都山有鼎湖峰，一柱擎天。南朝宋郑缉之《东阳记》载，鼎湖峰"孤石撑云，高六百余丈，世传轩辕游此飞升，辙迹尚存。石顶有湖，生莲花，尝有花一瓣飘落至东阳境，于是山名金华"，县亦以"金华"名。鼎池，即

鼎湖峰上的鼎湖。据传系黄帝在上置鼎炼丹而形成。　[2]崔嵬：高峻，高大雄伟。

道光《缙云县志》　仙都图

赏 析

　　仙都作为道教名山，传说是黄帝炼丹升仙之地，享有"黄山之奇""华山之险""桂林之秀"的美誉，其中鼎湖峰，拔地而起，一柱擎天，峰顶海拔三百六十四米，相对高度达一百七十多米，是世界上已知的最高石柱之一，世所罕见，成为缙云乃至整个处州的标志。早在晋宋时期，谢灵运《归途赋》对仙都山（原称缙云山）就曾作过描述："停余舟而淹留，搜缙云之遗迹。漾百里之清潭，见千仞之孤石。历古今而长在，经盛衰而不易。"至唐代，吟咏仙都之作开始大量涌现，并从此长盛不衰，徐凝的《题缙云山鼎池二首》是早期较有代表性的诗篇。

　　《题缙云山鼎池二首》（其一）写黄帝虽早已升仙而去，但鼎湖峰却仍屹立于天地之间。有时候鼎池里的水被风卷起，化作晴天里的雨点飘向人间。浪花转化为雨点，既写出了鼎湖峰之高，也写出了仙界与凡间的差异，令人想入非非。此诗流传广泛，是吟咏仙都的名篇，但在流传过程中，出现多种版本，文字上互有差异。

朱庆馀

朱庆馀,名可久,以字行,越州(今浙江绍兴)人。宝历二年(826)进士,授秘书省校书郎。诗多近体,尤长于绝句,以《闺意献张水部》最为传颂。《唐才子传》谓其诗"得张水部诗旨,气平意绝"。

和处州严郎中游南溪[1]

四望非人境,从前洞穴深。[2]

潭清蒲远岸,岚积树无阴。[3]

看草初移屐,扪萝忽并簪。[4]

世嫌山水僻,谁伴谢公吟。[5]

(《唐五代诗全编》卷六八四)

注 释

[1]严郎中:其人不详,当为处州刺史。南溪:朱庆馀另有《和处州韦使君新开南溪诗》,道光《丽水县志》卷一四《琐缀》有按语曰:"考处州大溪故在城南,此云新开者,盖因而浚治之,增饰景物以供游览,非别开一溪也。"可知南溪即大溪(瓯江上游之名)。　[2]人境:尘

世,人所居止的地方。　[3]蒲:菖蒲。水边植物。岚积:山林中雾气弥漫。　[4]移屐:移动脚步。并簪:指用簪把头发绾住,免致凌乱。　[5]谢公:谢灵运。

赏　析

此诗写处州治地大溪风光。首联写环顾所见,大溪两岸还处于"非人境"状态,没有遭到人为开发,仍保持原生态。眼下尚且如此,那么从前肯定洞穴幽深,人迹更加罕至了。颔联写定睛眺望,潭水清澈,菖蒲依依;雾气弥漫,树木森森。颈联,诗人为美景吸引,欲涉足一探。刚抬腿进入草丛,迎头藤萝挡道,急忙整一整发簪,以免头发被缠。此联写美景虽在当前,但要深入却不容易。尾联,由自身所遇,联想到当年谢灵运探奇访幽,遇到的困难肯定更多。世人多嫌麻烦、辛苦,不愿意到偏僻的地方欣赏山水之美,所以真正愿意陪伴谢灵运吟咏山水的能有几个呢。全诗由环顾四周,到定睛眺望,再到欲涉足一探,最后出之以议论,不失为一首结构严谨的纪游诗。诗歌既展现了处州治地大溪的原生态之美,同时又表达了对山水诗鼻祖谢灵运的钦敬。

方 干

方干(809—约886),字雄飞,门人私谥为"玄英先生",睦州清溪(今浙江淳安)人。有才名,然屡试不第,后隐居会稽(今浙江绍兴)镜湖。曾学诗于徐凝。其诗多写羁旅之愁与闲适之意,诗风清润小巧,独具一格。有《玄英先生诗集》传世。大中九年(855)至十二年,段成式任处州刺史,方干曾专程拜访,留下了若干诗作。

处州洞溪[1]

气象四时清,无人画得成。

众山寒叠翠,两派绿分声。

坐月何曾夜,听松不似晴。

混元融结后,便有此溪名。[2]

(《唐五代诗全编》卷七三八)

注 释

[1] 洞溪:既指洞溪水,亦指洞溪岛。好溪自缙云进入丽水(今莲都区),纳梅溪水后的水东村至大溪(瓯江上游之称)一段又叫洞溪。洞

溪与大溪相汇处有岛，亦名洞溪，又称古城。隋唐时曾作为处州州治所在地。唐贞元六年（790），因屡有水灾，州治迁至小括苍山之巅（今万象山一带）。其后，唐处州刺史李敬仲曾在岛上建有别业，并作《洞溪十咏》描述岛中之胜。　[2]"混元"句：指开天辟地之后。混元，指天地元气。融结，融合凝聚。

赏　析

　　此诗描写洞溪之美。首联为总写。"气象四时清，无人画得成"，诗人认为洞溪四季景色可用"清"字概括，无人能画得出来。那么究竟"清"在何处？颔联、颈联对此作了生动描绘。"众山寒叠翠"，寒山青翠；"两派绿分声"，两溪绕岛流过，水清、声清。月下而坐，清辉照人；松声隐隐，境界清幽。诗人以"清"概括，可谓抓住洞溪特色。尾联："混元融结后，便有此溪名。"自天地开辟，就有洞溪长流，其清绝之境，长存人间。诗人以清丽之笔，表达了对洞溪的喜爱。

自缙云赴郡溪流百里轻棹一发曾不崇朝叙事四韵寄献段郎中[1]

激箭溪湍势莫凭，飘然一叶若为乘。[2]

仰瞻青壁开天罅，斗转寒湾避石棱。[3]

巢鸟夜惊离岛树，啼猿昼怯下岩藤。

此中明日寻知己,恐似龙门不易登。[4]

(《唐五代诗全编》卷七三九)

注　释

[1]轻棹:小船。棹,桨。崇朝:终朝。从天亮到早饭时。犹言一个早晨。不崇朝,不消一个早晨,指速度快。段郎中:段成式(约803—863),字柯古,东牟郡(今山东省烟台市蓬莱区)人。宰相段文昌之子。晚唐著名文学家。其骈文与李商隐、温庭筠齐名。所著笔记小说集《酉阳杂俎》,为世人所重。唐宣宗大中九年至十二年(855—858),以郎中身份出任处州刺史,故称段郎中。　[2]激箭:疾飞的箭。比喻速度很快。湍:急流的水。势莫凭:势不可当。"飘然"句:指像乘坐在叶子上一样随水漂流,难以把控。　[3]"仰瞻"句:指抬头仰望,两岸悬崖壁立,就像天开了一条裂缝。罅,裂缝。斗转:陡转。指转弯很急。"斗"通"陡",陡峭。石棱:石头的棱角。　[4]知己:指段成式。龙门:《后汉书》载,李膺有重名,后起之士如能获见,即能提升身价,称之登"龙门"。

赏　析

此诗为谋求仕进而请见段成式的干谒之诗。在求仕路上,方干已有过无数次的碰壁,所以此次求见段刺史,方干的心情惴惴不安。从缙云到丽水(今莲都区)的水路,正是李白等诗中所提到的恶溪。光绪《缙云县志》引唐李吉甫《元和郡县志》云:"恶溪,以其湍流阻险,九十里间五十六濑,名为大恶。"方干生动地写出了恶溪之行的惊险经历。"激箭溪湍势莫凭，飘然一叶若为乘"，一叶扁舟，顺水而下，势不可当。"仰瞻青壁开天罅，斗转寒湾避石棱"，抬头仰望，两岸悬崖壁立，天空只有一线。溪流汹涌陡转，迎面就是礁石，险象环生。巢鸟不时夜惊，啼猿为之胆怯。在如此溪流中出没，令人胆战心惊，而这正是方干求仕之路的真实写照。"恐似龙门不易登"，诗人将段成式比作东汉名士李膺，若能获得接见无疑是自己的殊荣，但也表达了对自己不能获得接见的担忧。最后一句，诗人非常巧妙地道出了干谒之意。非常巧合的是，方干是唐代著名诗人中，最后一个见证恶溪的人。他要去拜见的段成式，到任后，动员百姓，疏浚浅滩，排凿礁石，在恶溪上修筑堰坝、分水坝，引水灌溉良田，对恶溪进行了大规模的整治，自此后，恶溪被改名为好溪。

皮日休

皮日休（约834—约883），字逸少，后字袭美，襄阳（今湖北襄阳）人。因早年住鹿门山，号鹿门子，又号间气布衣、醉吟先生。咸通八年（867）登进士第，曾任著作郎、太常博士等职。后参加黄巢起义，或言"陷巢贼中"（《唐才子传》），任翰林学士，黄巢败后不知所踪，或言被害。工诗擅文，与陆龟蒙齐名，世称"皮陆"。有《皮子文薮》十卷、皮陆唱和集《松陵集》十卷传世。

寄题镜岩周尊师所居诗（并序）[1]

处州仙都山，山之半有洞口，下望之如鉴，目之曰"镜岩"。[2] 下去地二百尺，上者以竹梯为级，中如方丈，内有乳水，滴沥嵌罅。[3] 黄老徒周君景复居焉，迨八十年。[4] 不食乎粟，日唯焚降真香一炷，读《灵宝度人经》而已。[5] 东牟段公柯古昔为州日，闻其名，梯其室以造之，且曰："君居此久矣，乳水之滴，昼夜可知量乎？"[6] 周君曰："某常揣之，尽昼与夜，一斛加半焉。"[7] 公异而礼之。[8] 后柯古别十二年，日休至吴，处人过，说周君尚存。[9] 吟想其道，无由以睹，因寄题是诗云。[10]

八十余年住镜岩，鹿皮巾下雪髟髟。[11]

床寒不奈云萦枕，经润何妨乳滴函。[12]

056

饮涧猿回窥绝洞,缘梯人歇倚危杉。[13]

如何计吏穷于鸟,欲望仙都举一帆。[14]

(《松陵集校注》卷八)

注 释

[1]镜岩:自缙云仙都鼎湖峰沿溪上溯百步,峭壁上有一石洞,远望之如镜,故称镜岩。洞中有泉水滴落,清凉甘醇,大旱不竭,据说饮之可延年益寿,故又名仙水洞。周尊师:周景复。元陈性定《仙都志》:"景复周先生,仙都道士也。唐大历间居仙水洞中,辟谷宴坐,百有余年。后仙去。" [2]仙都山:道教名山,列三十六小洞天之第二十九洞天。下望之如鉴:从下往上望,洞口仿如一面镜子。 [3]去地:离地面。方丈:指洞内有一丈见方空间。乳水:石钟乳渗下的水。滴沥嵌罅:指水从岩石缝隙中滴落。嵌罅,石头裂缝。 [4]黄老徒:道教推尊黄帝为始祖、老子为道祖,故称道士为黄老徒。迨:达。 [5]不食乎粟:指行辟谷之术,不用吃饭。降真香:据说能使神仙降下来的香。《灵宝度人经》:道教经典之作,《道藏》列此经为首部。 [6]东牟段公:即段成式。为州:指任州刺史。"梯其室"句:指登梯入洞拜访周景复。"昼夜"句:指段成式询问周景复洞中一天一夜到底有多少水滴下来。 [7]某:古人常用以自称。揣之:推测;估量。一斛加半:即一斛半,计十五斗。十斗为一斛。 [8]公异而礼之:段公成式感到惊讶而很敬重他。 [9]吴:吴地,此处指今江苏苏州。处人过:指处州的客人来拜访。 [10]吟想:沉吟想念。无由以睹:没有机会见面,一睹风

采。　[11]鹿皮巾：古代隐士所戴的一种头巾。雪髟(shān)髟：雪白的长发。髟髟，毛发长貌。　[12]"床寒"二句：指周景复不介意床寒洞湿。不奈，不耐。乳滴函，指乳水滴到装书的套子上。函，匣子，套子。　[13]"饮涧"二句：想象周景复与猿猴为伍的自在生活。　[14]"如何"二句：自己还不如鸟能飞，真想挂起风帆到仙都一睹周景复神仙的风采。如何，为何。计吏，古代州郡主管簿籍以及上计的官员，是州郡长官的属吏。此为皮日休自指。穷于鸟，指不如鸟。

赏　析

住在缙云仙都镜岩里的周景复，辟谷养生，每日焚香一炷，读经一卷，与猿猴为伍，不食人间烟火，诗人对其无比仰慕。首联点题，八十多岁的周景复头发雪白，寄身镜岩。颔联，诗人有意从不如意处写，住在镜岩里，雾气萦绕、终年滴水，又冷又潮，但周景复对此毫不在意。颈联写周景复每天缘梯上下，连猿猴都感到好奇，经常偷窥镜岩。尾联感慨自己一介小吏，连鸟都不如，不能如愿前往仙都。唐末，天下动荡，许多诗人都产生了逃避乱世之念，诗作多描写避世心态与淡泊情思，而皮日休、陆龟蒙尤为突出，他们诗酒唱和，别成江湖隐逸一派。正是在这样的背景下，皮日休才对住在镜岩里的道士产生了浓厚的兴趣，虽然镜岩条件艰苦，但跟乱世相比，无疑是人间天堂。

陆龟蒙

陆龟蒙（？—约881），字鲁望，自号江湖散人、天随子、甫里先生，姑苏（今江苏苏州）人。曾任苏州、湖州从事，后隐居松江甫里。与皮日休同为唐末著名文学家，常相唱和，世称"皮陆"。有《笠泽丛书》四卷、皮陆唱和集《松陵集》十卷等传世。

奉和袭美寄题镜岩周尊师所居诗[1]

见说身轻鹤不如，石房无侣共云居。[2]
清晨自削灵香柹，独夜空吟碧落书。[3]
十洞飞精应遍吸，一茎秋发未曾梳。[4]
知君便入悬珠会，早晚东骑白鲤鱼。[5]

（《松陵集校注》卷八）

注　释

[1]题目为编者所加。原题为《奉和》。袭美：皮日休，字袭美。　[2]见说：听说。身轻鹤不如：连鹤都不如周景复身轻。石房：山中的石室，僧道的居处。此指镜岩。共云居：与云为伴。　[3]灵香柹（fèi）：有奇异香气的木片。柹，砍木头掉下来的碎片。碧落书：指道教典籍。碧

落,道教语,指青天,是道教最高的上天境界。　[4]十洞:泛指道教洞天福地。道教有十大洞天、三十六小洞天、七十二福地之说。飞精:道教的一种丹药。"一茎"句:此连上一句大意是说,周景复遍吸飞精,返老还童,梳头时,头上连一根白发都没有。秋发,白发。　[5]君:指周景复。悬珠会:似指道教的法会。骑白鲤鱼:指成仙而去。《列仙传》中多有骑鲤鱼飞升的故事。

赏　析

此诗为和皮日休之作,亦为咏仙都道士周景复。首联写听说周景复身轻如鹤,住在石洞里,与云为伴。"见说"云云,指有关周景复故事系皮日休所言。颔联写周景复之日常生活,早上自制香料,晚上吟诵道经,逍遥自在。颈联写周景复遍吸灵丹,已返老还童。承接颈联,尾联断言周景复早晚有一天会骑上白鲤鱼升仙而去。据《新唐书》载,陆龟蒙"不喜与流俗交",自谓"江湖散人",他所希望的正是如周景复那样不受世俗干扰、与云为伴的生活,何况周景复养生有术,鹤发童颜,更是令诗人羡慕不已。诗人视周景复为神仙,在诗中表达了自己无限钦慕之情。当初周景复修炼之地镜岩至今犹在,洞壁上常年有水滴落,清凉甘醇,至仙都游玩者,多喜饮上一勺。

曹 唐

　　曹唐，字尧宾，桂州（今广西桂林）人。初为道士。返俗后，屡试不第，或云大中年间中举。咸通年间，为使府从事。工诗，与杜牧、李远等友善。以游仙诗著称，所咏仙境及神仙故事，迷离缥缈，瑰奇多彩。又作《病马》诗以自况，颇传于时。有《曹从事诗集》一卷传世。

仙都即景

黄帝登真处，青青不记年。[1]

孤峰疑碍日，一柱独擎天。

石怪长栖鹤，云闲若有仙。

鼎湖看不见，零落数枝莲。[2]

（《唐五代诗全编》卷七九三）

注　释

[1]登真：登仙，成仙。　[2]鼎湖：鼎湖峰上的湖，据说湖中长有莲花。

赏　析

　　诗写仙都无声地屹立于人间,自黄帝登仙之后,已不知道过了多少年了。那一柱擎天的鼎湖峰好像是嫌被挡住了阳光,所以硬是拔地而起。在仙都山中,可以看到生活于怪石间的仙鹤,白云悠悠飘过,似乎有神仙出没。鼎湖是那么的神秘,偶尔飘落几片莲瓣。诗人善于抓住富有特征的几个景色,写实中兼有想象,如"孤峰疑碍日,一柱自擎天""鼎湖看不见,零落数枝莲",虚虚实实,让读者恍惚间如入仙境,领略到洞天福地特有的宁静、安详与神秘。

楼辛壶　仙都山水(其一)

刘昭禹

刘昭禹,字休明,桂阳(今属湖南)人,一云婺州(今浙江金华)人。晚唐五代诗人。五代时仕南楚,为天策府学士。刘昭禹擅长五言诗,创作态度严谨,自谓:"句向夜深得,心从天外归。"

过苍岭 [1]

尽日行方半,诸山直下看。

白云随步起,危径极天盘。

瀑顶桥形小,溪边店影寒。

往来空太息,玄发改非难。[2]

(《唐五代诗全编》卷一○五○)

注 释

[1]苍岭:括苍山位于处州缙云县与台州仙居县之间,有苍岭连接两地,以险峻著称。光绪《缙云县志》载:"自麓至巅,高二十里,中有虎踏岩、百丈岩,峻削巉陡、涧溜纵横。顶有风门、牛角尖等隘,扼台郡之吭,为县东锁钥。" [2]玄:黑色。

蔡逸斋　山水图

赏　析

诗或以《括苍山》为题,但实际写的是翻越括苍山上的苍岭,所以如《缙云县志》等题为《过苍岭》。首联点题,尽日而行,群山都在下方,而苍岭才走了一半的路程。颔联描写苍岭之崎岖险峻。白云跟随脚边,危岭绕山而盘。颈联描述一路上所见景色。"瀑顶桥形小",其险可见,一旦失足,就会掉入万丈深渊。"溪边店影寒",溪边冷冷清清的小草屋,影入寒水,可见荒郊野岭,人迹罕至。尾联,感慨在如此的山岭上往来,让人愁得鬓发都要变白。以夸张手法,凸显行走苍岭之艰难。刘昭禹是最早描写苍岭的诗人之一,自此后,往来苍岭的人不断发出相似的感叹,留下了众多的诗作。

浙江诗话

宋元

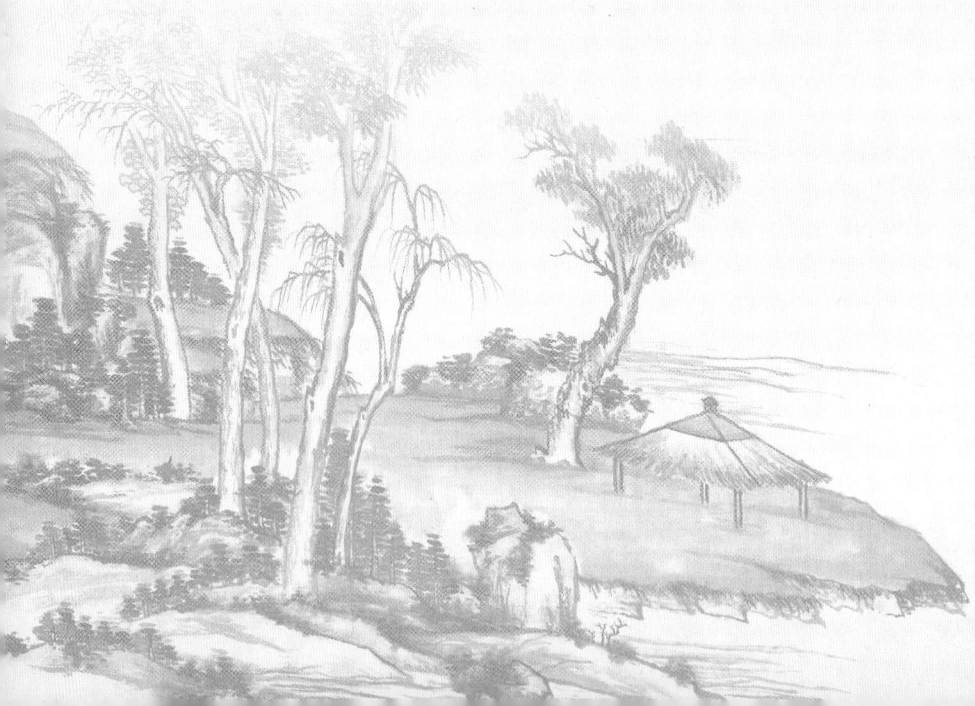

柳 绅

柳绅，处州缙云人。官著作郎、两浙运使。杨亿有《柳绅归缙云》诗，可知与杨亿同时或稍早。

仙都石[1]

独出诸峰表，周围百丈圆。
千寻雄镇地，万仞上擎天。[2]
湖浪动星际，荷花生日边。
终当驾云鹤，绝顶会群仙。

（成化《处州府志》卷八）

注 释

[1]仙都石：指仙都山鼎湖峰。 [2]千寻：古以八尺为一寻。千寻形容极高或极长。万仞：古称七尺或八尺为一仞，万仞形容山势很高。

赏 析

此诗吟咏仙都山鼎湖峰。首联写鼎湖峰周长百丈，傲然独立，诸峰皆在其下，赫然为众山领袖。颔联写其擎天立地，雄镇一方。

颈联"湖浪动星际，荷花生日边"，写峰顶上的湖水在星际间激荡、所开荷花近在太阳边上。"动星际""生日边"等描写，极富浪漫主义想象。以上三联，用夸张之笔、富有气势之语言，从多角度描述鼎湖峰高耸云天、与天相接之状，相当震撼。尾联"终当驾云鹤，绝顶会群仙"，以洞天福地为落脚点，写终有一天要驾鹤而上，到绝顶上会一会群仙，点出鼎湖峰乃神仙所居之地，上通仙国，呼应前文，进一步凸显其不凡。

杨　亿

　　杨亿（974—1020），字大年，建州浦城（今属福建）人。年十一，宋太宗闻其名，诏送阙下试诗赋，授秘书省正字。淳化三年（992）赐进士及第，曾任工部侍郎、翰林学士兼史馆修撰等职。性耿介，尚气节。卒谥"文"，人称"杨文公"。杨亿诗文系"西昆体"的代表，师法李商隐，追求典雅华丽，时人争效之，在宋初诗坛有很高地位。有《武夷新集》二十卷等传世。咸平元年（998），杨亿出知处州，在任期间，留下了众多诗篇，对处州的风土人情有相当深入的描写。

郡斋西亭即事十韵招丽水殿丞武功从事 [1]

　　郡斋退食复何为？纵目西亭景物奇。[2]
　　叠嶂雨余泉眼出，澄潭风静钓丝垂。
　　城临古戍寒芜阔，路转荒村野彴危。[3]
　　几处唱歌闻白纻，谁家酤酒见青旗。[4]
　　蝶随游妓穿花径，犬吠行人隔槿篱。[5]
　　桃李成蹊春尽后，鱼盐为市日中时。[6]

桑麻万顷晴氛散，丝竹千门夕照移。[7]

吟际岭云飞冉冉，望中垄麦秀离离。[8]

烟迷乔木莺迁早，水满方塘鹭下迟。

鹤盖翩然肯相顾，主人终宴岂知疲。[9]

（《武夷新集》卷一）

佚名　工笔猫花卉图

注　释

[1] 郡斋：郡守起居之处。西亭：在小括苍山。郡守杨亿建。今废。　[2] 退食：公余休息。　[3] 寒芜：寒秋的杂草。野彴（zhuó）：野外小桥。彴，独木桥。　[4] 白纻：乐府吴舞曲名。酤酒：卖酒。青旗：青色的旗帜。指酒旗。　[5] 游妓：出游的歌妓。

槿篱：木槿篱笆。槿，木槿。落叶灌木。夏秋开花，可供观赏，兼作绿篱。　　[6]日中：日头正当午，中午。　　[7]晴氛：朗润的云气或雾气。丝竹：弦乐器和管乐器。泛指音乐。　　[8]秀：谷类等植物抽穗开花。离离：盛多貌，浓密貌。　　[9]鹤盖：形如飞鹤的车盖。借指马车。相顾：光顾，光临。

赏　析

　　此诗写公余在西亭纵目眺望处州州治风光。西亭在小括苍山，居高临下，州治四周一览无余。诗歌有景色的描写，如泉眼细流、清潭垂钓、古戍荒芜、荒村桥危、飞云冉冉、麦秀离离、桑麻万顷等等，还有市民生活的展示，几处在唱《白纻曲》、酒店酒旗招展、游妓穿花径而过、行人隔槿篱而行、日午集市买卖鱼盐等等，一派升平气象。诗歌比较全面地展现了北宋初年处州州治的自然风光与人文景观，堪称是地道的处州风情画。在艺术上，此诗内容平实，没有过多的夸饰，语言典雅而不失自然，没有后来因刻意模仿李商隐而大量用典、讲究辞藻、徒具形式美的弊病。

陈舜俞

陈舜俞（？—1076），字令举，自号白牛居士，乌程（今浙江湖州）人。庆历六年（1046）进士。嘉祐四年（1059）登制科，授著作佐郎。后弃官归，居秀州白牛村。熙宁三年（1070）复出，以都官员外郎知山阴县。青苗法行，陈舜俞不奉令，责监南康军盐酒税。陈舜俞少从胡瑗学，长又师事欧阳修，与司马光、苏轼等人交往甚笃。其诗气格疏散，多自抒胸臆之言。文以论时政者为多，剀直敷陈，通达事体。有《都官集》三十卷，已散佚。四库馆臣从《永乐大典》中辑出十四卷。

留槎阁[1]

闻说欧川似沃洲，一溪分作两溪流。[2]

长桥跨岸虹垂地，高阁凌空蜃吐楼。[3]

浩荡乾坤供醉眼，凄凉风雨送行舟。

凭谁为问槎边客，未必无人犯斗牛。[4]

（成化《处州府志》卷一四）

注 释

[1]留槎阁：宋时建，在龙泉县治南济川桥上。　　[2]欧川：指灵溪，亦称大溪，瓯江流经今龙泉市市区段之名。欧川之名罕用，或因欧冶子曾在龙泉铸剑，故名。沃洲：在浙江新昌县东。"一溪"句：灵溪中有岛，名留槎洲，系蒋溪、秦溪合流为灵溪（欧川）后冲积而成。溪水流至留槎洲，又分为两支绕岛而过。　　[3]长桥：济川桥。蜃：传说中的蛟属。能吐气成海市蜃楼。　　[4]"凭谁"二句：典出晋张华《博物志》，相传天河与海通，有好奇之士乘槎往访。后乘槎者从严君平处得知，乘槎到天河之日，有客星犯牵牛宿。

赏 析

留槎阁，龙泉名胜，北宋时建于济川桥上。因济川桥屡毁，留槎阁后改建于岛上。今易地重建，为龙泉地标性建筑。留槎阁在宋代有所谓的"三绝"："宋苏轼书榜、陈舜俞题咏，时谓阁之雄伟、字之遒劲、诗之警迈，号三绝。"（光绪《处州府志·古迹》）陈舜俞《留槎阁》诗，把济川桥比之为长虹，留槎阁比之为海市蜃楼，营造出一种仙境的氛围。以此为基础，诗人进一步展开联想，所谓留槎，乃是到过天河的仙槎留在此地，所以尾联写道："凭谁为问槎边客，未必无人犯斗牛。"意思是说，除了乘槎客，其他的人或许什么时候也能乘坐所留的仙槎进入牵牛宿，到达天河，与牛郎织女相见。由于陈舜俞的奇思妙想，让人大有登上留槎阁，就能抵达天河的飘然之念。

詹 迥

詹迥（1025—1106），字明远，处州缙云人。性至孝。庆历六年（1046）进士。官至礼部尚书、观文殿大学士，爵封齐国公。

洼尊山[1]

缙云古名邑，惟东有崇山。[2]

群峰屹罗列，一水相回环。

李侯筑崇台，吏隐于其间。[3]

斯人不可见，篆蚀苍苔斑。[4]

我来访遗迹，临风发长叹。

洗尊挹醽醁，落日犹忘还。[5]

（成化《处州府志》卷八）

注 释

[1] 洼尊山：即吏隐山。在原缙云县衙东北五十步，其上有瀑布飞泉，景色迷人。唐时，李阳冰在缙云为官多年，后出任缙云县令。在缙云期间，李阳冰时常登山游玩，"吏隐山"之名即其所取。李阳冰还在山

上修筑忘归台；凿岩为洼，取水饮用，名之曰"洼尊"，故吏隐山又名洼尊山。其上原有李阳冰篆刻多处。　　[2]"缙云"句：万岁登封元年（696）缙云设县，县治在五云（今缙云县五云街道），历史悠久。崇山：高山。指吏隐山。吏隐山并不高，因李阳冰之故，名气很大，慕名造访者众多。　　[3]李侯：县令李阳冰。侯，邑侯。汉制，诸王封国相当郡，侯国相当县，故县令有邑侯之称。崇台：高台。指李阳冰在吏隐山之巅所筑忘归台。　　[4]篆蚀：指李阳冰的篆刻被苔藓侵蚀。　　[5]"挹尊"句：指在李阳冰所凿洼尊中舀水饮用，如同喝酒。挹，舀。醽醁（líng lù），美酒名。

赏　析

　　此诗为登临怀古之作。李阳冰有"笔虎"之称，其篆书广受赞誉，被时人视为李斯之后，千年才出一个。李阳冰是所知最早的一位缙云县县令，任职期间，政声卓著。吏隐山是李阳冰平时憩息之地，山上的一草一木，都倾注了他的心血，他还留下了不少书法作品，如《忘归台铭》："叠嶂回抱，中心翠微。隔山见川，沟塍如棋。环溪石林，春迷四时。曲成吏隐，可以忘归。"正因如此，后世多有文人墨客登临缅怀，詹迥即其一。诗人登临吏隐山，寻觅李阳冰所留遗迹，感慨斯人已去，石刻难寻，"我来访遗迹，临风发长叹"，抒发了对李阳冰的敬仰与缅怀之情。正是类似詹迥等的大量登临题咏，赋予了吏隐山以厚重的人文色彩，使吏隐山自李阳冰之后，一跃而为文化名山。

袁　毂

袁毂，字容直，一字公济，明州鄞县（今浙江宁波）人。嘉祐六年（1061）进士。熙宁初任处州龙泉县令。元丰间知邵武军，条盐法利病，奏减其课。元祐五年（1090）通判杭州，与知州苏轼相得益欢，唱酬颇多。后移知处州，官终朝奉大夫。莅官清介，尝有诗云："沧浪不须濯，缨上本无尘。"擅诗文，撰有《韵类题选》一百卷。

南明山[1]

东南自古佳山水，一到仙都地颇灵。

俗眼何须强分别，南明此处是南屏。[2]

（成化《处州府志》卷四）

注　释

[1]南明山：在处州府城南面，山势陡峭，景色宜人。　[2]南屏：南屏山。在杭州西湖南岸。峰峦耸秀，怪石玲珑，峻壁横披，宛若屏障，故以"南屏"为名。南屏晚钟为西湖十景之一。

赏　析

　　此诗虽写南明山，却未予具体描述，而出之以议论。东南山水之美，自古闻名，尤其是处州仙都，更是洞天福地。有那么多的佳山水，作为普通人，只管游览欣赏就是了，何必强分此处、彼处，此处的南明山，就当是彼处的南屏山，岂不省事。宋诗好发议论，此诗可称典型的以议论为诗，形象性缺失显而易见，但因议论颇为独到，仍不失为好诗。诗人将南明山与南屏山并提，说明了二者有许多相似之处，也说明了南明山之胜足与南屏山匹敌，所以从另一个侧面，说明了南明山值得一游。

宋　米芾　南明山题刻

沈 括

沈括（1031—1095），字存中，号梦溪丈人，钱塘（今浙江杭州）人。嘉祐八年（1063）进士。宋神宗时积极参与王安石变法，历任检正中书刑房公事、集贤校理、太子中允、史馆检讨、提举司天监、权三司使等职。元丰三年（1080），出知延州，兼任鄜延路经略安抚使，驻守边境，抵御西夏。晚年移居润州（今江苏镇江）梦溪园。著有《梦溪笔谈》三十卷，在世界文化史上有着重要地位，被称为"中国科学史上的里程碑"。熙宁六年（1073），沈括奉命考察两浙农田水利，偕王子京、李之仪等游缙云仙都、丽水南明山、青田石门洞等地，并留下若干摩崖题记。

仙都山

苔封辇路上青山，鹤驭辽天去不还。[1]
惟有银河秋月夜，鼎湖烟浪到人间。

（《宋诗纪事》卷二二）

注　释

[1]"苔封辇路"句：谓自黄帝升仙后，其车驾所过之路已被苔藓所封。

辇路,传说黄帝驾车登上耸立的鼎湖峰,所过之处,留下了车辙。辽天:古辽东天空。《搜神记》载,丁令威,本辽东人,学道灵虚山,后化鹤归辽。

赏　析

  此诗写道教名山仙都。因仙都名列三十六小洞天,是黄帝升仙之地,故诗人撇开实景描写,从传说着眼。"苔封辇路上青山,鹤驭辽天去不还。"此二句一写黄帝升仙,一去不还;一写年代久远,黄帝所过车辙,已被苔藓所封。在多数传说里,黄帝升仙,乃是跨龙而去。但既为传说,容许有各种说法。在此诗里,黄帝乃是驾鹤飞升。"惟有银河秋月夜,鼎湖烟浪到人间"二句化自徐凝诗句"有时风卷鼎湖浪,散作晴天雨点来",而又更进一层,更富诗情画意,似乎鼎湖之水乃是来自银河,化作烟浪,洒向人间。在诗人的笔下,鼎湖峰连接着天上与人间,连接着过去和现在,既凸显了鼎湖峰之高,又凸显了仙都作为洞天福地之神异。

胡志道

　　胡志道，一作"胡志通"。大约生活于宋神宗、宋哲宗时期。曾游仙都，除《黄帝祠宇李阳冰篆在缙云山》外，尚有《夜宿仙都山闻松声作》《隐真堂》《仙水洞》《忘归洞》《初旸谷》《龙泓洞》等咏仙都之作。

黄帝祠宇李阳冰篆在缙云山[1]

　　李侯神仙才，宇宙在其手。[2]

　　古篆夸雄奇，铁柱贯金钮。[3]

　　标榜黄帝祠，字画气浑厚。

　　想当落笔时，云梦吞八九。[4]

　　每传风雨夜，蜿蜿龙蛇走。[5]

　　光怪发岩窦，草木润不朽。[6]

　　鬼物烦扚诃，一旦忽失守。[7]

　　随烟遽飞腾，无复世间有。[8]

　　因访山中人，石刻尚仍旧。

谁能一新之，易若运诸肘。[9]

（《宋诗纪事》卷三〇）

注　释

[1]黄帝祠宇：指李阳冰篆书"黄帝祠宇"碑，原立于仙都玉虚宫内。现收藏于缙云县博物馆。　[2]"李侯"二句：指李阳冰"黄帝祠宇"四字篆书有如得天地之助，出神入化，非人力所为。　[3]铁柱、金钮：古代书家分别用以比喻直横笔画、转折笔画坚实有力。韩愈《石鼓歌》："金绳铁索锁钮壮。"　[4]"云梦"句：指李阳冰挥毫书写时气吞山河，胸罗万象。云梦，云梦泽，古泽薮名，常作为阔大的比喻。　[5]"每传"二句：谓传闻"黄帝祠宇"四字在风雨之夜会像龙蛇一样游走。蜿蜿，形容龙蛇行走时屈曲的样子。　[6]"光怪"二句：谓"黄帝祠宇"四字在夜里游走时会发出奇异的光彩，还能让草木得到滋润。发岩窦，从岩洞中发出辉光。　[7]"鬼物"句：谓"黄帝祠宇"碑得到神鬼的守护。扐（huī）诃：卫护。语出韩愈《石鼓歌》。　[8]遽：立刻，马上。　[9]"谁能"二句：指"黄帝祠宇"碑已蒙上岁月沧桑，希望能恢复如初，焕然一新，复原刚刚运腕书写出来的样子。易，更易，更换。运诸肘，指运动腕肘书写。

赏　析

　　李阳冰被称为"笔虎"，在书法史上占有重要地位。唐舒元舆《玉箸篆志》认为"阳冰之书，其格峻、其力猛、其功备"，是秦朝李斯之后，千年一人。千年之后，能否再出这样的人，还未可

唐　李阳冰　黄帝祠宇碑（拓片）

知，所以他留下的篆书都是无价之宝。胡志道运用浪漫主义手法，在诗中盛赞李阳冰篆书。首四句称李阳冰乃"神仙才""宇宙在其手"，是运用宇宙之力挥毫书写，为全诗展开想象定下基调。中间"标榜黄帝祠"以下八句，想象李阳冰书写"黄帝祠宇"四字时，胸吞云梦，所写之字具有灵性，在风雨之夜能够像龙蛇一样四处游走，发出神异之光，草木得到润泽。"鬼物烦扴诃"以下八句为最后部分，想象其字受到神鬼卫护，一旦失守，就会飞腾消失，所幸其字尚在。最后，诗人希望"黄帝祠宇"四字能够焕然一新，恢复初始状态。全诗赋予了李阳冰篆书以神奇的魔力，它不是普通的字，而是活的生命，想象奇特，取得了极高的艺术成就。李阳冰在缙云留下了十多处篆书，其中"城隍神记"碑被当地百姓称为"定风碑"，传言江海行走，携此碑拓片，可定狂风巨浪，护人平安。

秦　观

秦观（1049—1100），字太虚，后改字少游，号淮海居士，高邮（今属江苏）人。元丰八年（1085）进士。元祐初，先后任太学博士、秘书省正字及国史院编修等职。与黄庭坚、晁补之、张耒等同受苏轼识拔，合称"苏门四学士"。秦观诗词俱佳，其诗情感细腻，被元好问目之为"女郎诗"；其词词境凄婉、音律和美，情韵兼胜，是北宋婉约词的典型。有《淮海居士长短句》三卷等存世。绍圣元年（1094），在新旧党争中，秦观因与苏轼交往而获罪，被目为元祐党人，贬监处州酒税。至绍圣三年（1096）年底再贬郴州，在处州头尾共有三年。作为苏轼门人及北宋婉约词派的重要代表，秦观在处州的事迹以及留下的作品影响长远。

处州水南庵二首（其一）[1]

竹柏萧森溪水南，道人为作小圆庵。

市区收罢鱼豚税，来与弥陀共一龛。[2]

（《秦观集编年校注》卷一四）

注　释

[1]水南庵：即法安寺。成化《处州府志》："在县（今丽水市莲都区）西南一里。宋祥符初建。绍圣间，校书郎秦观谪监酒税，昙法师结庵于此居之，秦多赋咏。"　　[2]弥陀：阿弥陀佛的简称。意译为无量寿佛，西方极乐世界的教化之主。龛：供奉佛像、神位等的小阁子。

赏　析

　　《处州水南庵》共有二首，其一写水南庵"竹柏萧森"，环境清幽，是诗人"收罢鱼豚税"后，公务之暇禅修的理想去处。其二具体写在水南庵修行：或者静对萧萧竹子，安坐在蒲团上打坐；或者效仿老僧，亲自到溪里汲水煎茶粥。透过诗人淡定的举止与诗歌平淡的语言，可以看出，佛门清静之地，的确让诗人暂时忘却了尘世的纷争，获得了心灵的慰藉。诗人或许已做好了青灯古佛，在处州了此余生的打算。但料想不到的是，就算如此，仍未能逃过新党的迫害。据光绪《处州府志》载，秦观此诗为新党所知，结果被"劾以废职"。所谓"废职"，就是玩忽职守，擅离岗位，私自跑到寺庙去礼佛。最终，秦观被贬往更偏远的郴州，不得不离开处州。

千秋岁

　　水边沙外。城郭春寒退。花影乱，莺声碎。[1]

飘零疏酒盏，离别宽衣带。[2]人不见，碧云暮合空相对。[3]　忆昔西池会。鹓鹭同飞盖。携手处，今谁在？[4]日边清梦断，镜里朱颜改。[5]春去也，飞红万点愁如海。[6]

（《秦观集编年校注》卷三九）

注　释

[1]"花影"二句：化用杜荀鹤《春宫怨》诗："风暖鸟声碎，日高花影重。"莺，黄莺，又名黄鹂。碎，形容莺声细碎。　[2]"飘零"二句：意谓因为身世飘零，无心饮酒，故与酒盏疏远了；因为与亲友远别，孤独寂寞，故形容憔悴，连衣带都显得宽松了。　[3]"人不见"二句：大意为：翘首远望，昔日挚友又在何处呢？所看到的只有暮色中渐渐聚合的碧云。　[4]"忆昔"四句：意谓回想当年与同僚好友赴金明池聚会，是何等的欢乐，如今各贬他乡，抚今追昔，曾经在金明池把酒言欢，如今还有谁在？西池，指汴京西郊的金明池。元祐七年（1092），秦观与僚友共二十六人曾在金明池宴游，极尽欢娱，秦观有诗记之。鹓鹭，两种鸟名，因其飞行有序，故常用以喻班行有序的朝官。飞盖，驰车，驱车。　[5]"日边"句：作者说自己连做梦都梦不到返回帝都，言下之意是现实中就更不可能回到帝都了。日边，古人以"日"喻君主，是以"日边"即指帝都，此指汴京开封。清梦断，指连美梦都做不成。据说伊尹在受汤聘任前曾梦见自己乘舟绕日月而过，后果然应验。　[6]飞红：落花。

赏　析

　　《千秋岁》系秦观代表作之一。词作上片着重写眼前情状，春寒已退，鸟语花香，然而词人却以"花影乱，莺声碎"予以描述。"乱""碎"二字，可知春光虽好，却提不起词人的兴致，反令其烦躁。政治上受打击，被贬的遭遇，词人已了无赏春的闲情，甚至连喝酒的兴致都已荡然无存。下片回忆昔日与僚友在帝都飞车相聚的欢娱，金明池畔，把酒言欢，是何等畅快！而如今朋辈星散，良辰不再。想到身世飘零、前途渺茫，词人悲不自胜，脱口而出"春去也，飞红万点愁如海"，通过生动的比喻，化虚为实，把看不见、摸不着的愁绪形象地呈现在读者眼前。我们仿佛看到，如海的愁，正在把词人吞没，谁也救不了他。整首词，通过今昔的对比，婉约的语言，集中描写了词人贬谪处州期间难以排解的愁绪。而这种愁绪，最容易在失意文人中获得共鸣，这正是该词被千古传唱的重要原因。

好事近　梦中作

　　春路雨添花，花动一山春色。行到小溪深处，有黄鹂千百。　　飞云当面化龙蛇，夭矫转空碧。[1]醉卧古藤阴下，了不知南北。[2]

（《秦观集编年校注》卷三九）

注 释

[1] 龙蛇：似龙若蛇，形容变幻的云彩。夭矫：飞腾貌。空碧：碧空。　[2] 了：完全，全然。

赏 析

  词作描写了词人的一次梦中春游。上片写梦中走在一条山路上。上下高低，繁花似锦，黄鹂千百，好一派春光！下片写在春光中，醉倒在古藤阴下，仰望碧空，云卷云舒，如龙蛇飞舞，不知不觉间，进入了一种不知南北、物我两忘的状态中。整首词，梦中有梦，似醒非醒，摸不透词人到底是了悟还是没有了悟，看开还是没有看开。巧合的是，几年后，秦观在藤州（今广西藤县）一笑而逝，"醉卧古藤阴下"，一语成谶，苏轼等因此视其为秦观"自作挽词"。《苕溪渔隐丛话》引《冷斋夜话》："秦少游在处州，梦中作长短句曰：'山路雨添花……醉卧古藤阴下，杳不知南北。'后南迁，久之，北归，逗留于藤州，遂终于瘴江之上光华亭。时方醉起，以玉盂汲泉欲饮，笑视之而化。"

沈　晦

　　沈晦（1084—1149），字元用，号胥山，钱塘（今浙江杭州）人，或谓原籍湖州。宋徽宗宣和六年（1124）状元及第。先后任校书郎、著作佐郎。金人攻汴京，从肃王枢出质金军。宋高宗建炎元年（1127）归，拜给事中。《宋史》谓其"胆气过人，不能尽循法度"，故屡遭弹劾，"然其当官才具，亦不可掩"。建炎间知处州，因爱松阳山水之胜，徙居松阳。《两宋名贤小集》收有《环碧亭诗集》一卷。

初至松阳

羲之去会稽，便为会稽居。[1]

与东土人士，尽山水之娱。[2]

我无逸俗韵，亦复与之俱。[3]

朝弋林中禽，暮钓溪上鱼。

胜游穷山海，埋光混里闾。[4]

聊为一日欢，不暇论所余。

西归道路塞，南去交亲疏。

惟此桃花源，四塞无他虞。[5]

况复父老贤，挽留使者车。

便应寻支许，投老青山隅。[6]

（成化《处州府志》卷一〇）

注　释

[1]"羲之"二句：指晋代著名书法家王羲之一到会稽，就决定在此居住。会稽，今浙江绍兴。　　[2]"与东土人士"二句：《晋书·王羲之传》载："羲之既去官，与东土人士尽山水之游，弋钓为娱。"诗人直接化用《晋书》原话，表示自己打算跟松阳人士一起游山玩水。　　[3]逸俗韵：超脱世俗的情致。　　[4]胜游：快意游览。穷山海：指遍游名山、海滨。"埋光"句：指和光同尘，跟乡里人一起生活。　　[5]四塞：四境皆有天险，可作屏障。虞：忧虑，担忧。　　[6]支许：晋高僧支遁和高士许询的并称。两人友善，皆善谈佛经与玄理，同为王羲之在会稽的朋友。"投老"句：指在青山里安度晚年。投老，临老；告老。

赏　析

　　《初至松阳》首十二句，写自己就像当年王羲之毫不犹豫地选择会稽作为居住地那样，自己初到松阳，就决定以此作为终老之地。然后想象与松阳人士一起如何尽情地游山玩水。"西归道路塞"以下八句，写之所以选择松阳的原因：西归道路不便，南下亲友疏离。"惟此桃花源，四塞无他虞"，松阳堪称桃花源，四境皆有天险，不用担忧乱世，尤其是松阳的父老都是贤明之士，一再表示挽留。既然如此，那还有什么可顾虑的，"便应寻支许，投老青山隅"，赶紧去找支遁、许询，从此归老青山边。从故土移居他处，关系到子孙后代，无疑需要慎重权衡，一代状元倾心松阳，说明松阳得天时地利人和，是其理想的乐土。这首诗，可谓是对松阳最好的肯定与宣传。

清　吕学　桃源图（局部）

许 尹

　　许尹(1095—?),字觉民,饶州乐平(今属江西)人。政和二年(1112)进士。绍兴间曾任处州知州、成都府路转运判官、司农少卿、总领四川财赋、工部侍郎等职。孝宗立,上疏请延儒臣讲求治道,寻以敷文阁学士致仕。著有文集数十卷,已佚。《全宋诗》收其诗六首。

洞 溪[1]

刺史他年宅,而今桑柘村。[2]

悬崖苍藓合,叠壁野云昏。

水面春风皱,花枝暮雨痕。

吾来访遗迹,只有断碑存。

(道光《丽水志稿》卷七)

注 释

[1]洞溪:此指洞溪岛。　[2]"刺史"句:指唐代处州刺史李敬仲曾在洞溪岛建有别业。桑柘,桑木与柘木,亦指农桑之事。

赏　析

　　处州洞溪岛（亦称古城），四面环水，景色迷人，作为州治有二百年之久，文化底蕴深厚。后来唐代处州刺史李敬仲又在其上修建别业，更增添其魅力。诗人于傍晚时分慕名而来，到了之后却五味杂陈。当年刺史李敬仲别业之地，已成了一个遍地栽种桑柘的村落。举目所见，悬崖长满潮湿的苔藓，黄昏下，重叠的石壁上飘浮着无人注意的云朵；水面为春风吹皱，花枝带着暮雨痕迹，真是满目荒凉。"吾来访遗迹，只有断碑存"，诗人四处寻访，只有一些残碑，曾经的繁华荡然无存。诗人通过一系列黯淡的景象，展现了洞溪岛的没落，寄寓了人世沧桑的感慨。诗歌并未对往昔作具体描写，仅以"刺史他年宅"一句带过，但往昔情状已可想见，从而很自然地构成了与当下的对比。

吴芾

吴芾（1104—1183），字明可，号湖山居士，台州仙居人。绍兴二年（1132）进士，官秘书正字。以不附秦桧，罢。后通判处、婺、越三州，知处州。光绪《处州府志》谓其绍兴间知处州，"因俗为治，视官如家"，颇得民心。绍兴三十一年，召为监察御史。隆兴元年（1163）升礼部侍郎。后历任敷文阁直学士知临安府、吏部侍郎等职。乾道五年（1169），以龙图阁直学士告老还乡。有《湖山集》十卷存世。

游仙都观五首（其五）[1]

登览兹山古到今，流传今有几何人？

如今胜践悬知少，况有新诗为写真。[2]

（《全宋诗》卷一九六四）

注 释

[1]《游仙都观五首》皆为和缙云人吴谨微之作，本书选录第五首。仙都观，指仙都黄帝祠宇玉虚宫，但组诗并未就仙都观着笔。　[2]胜践：胜游。悬知：料想，预知。

赏 析

　　此诗写游仙都之人。古往今来，登览仙都的人不知凡几，可是有几个人的名字流传下来呢？他们都不过是匆匆过客。如今可游的胜地料想不多，何况只要有人去游玩的地方，都会有新诗予以歌咏，从而为人知晓。在诗人看来，除了仙都，称得上胜地的并不多。至于诗人所提问的"登览兹山古到今，流传今有几何人"的确是个好问题。自古至今，游览名胜的人，总想与名胜同在，于是就有了"到此一游"的涂鸦，虽属不好的习惯，但其心情倒是可以理解。那么到过仙都的到底有哪些人呢？或可从摩崖题记一窥究竟。据统计，从唐代到现代，留在仙都、可以辨认的摩崖题记共有一百二十五处，其中不乏名人之作，成为仙都历史文化的重要组成部分。当然还有许多已磨灭，终究没能把作者的名字留下来。

楼辛壶　仙都山水（其二）

王十朋

　　王十朋（1112—1171），字龟龄，号梅溪，温州乐清人。绍兴二十七年（1157）状元及第，授绍兴府签判。官至太子詹事。乾道七年（1171）以龙图阁学士致仕。有《梅溪集》存世。

游仙都

皇都归客过仙都，厌看西湖看鼎湖。[1]

洞接龙泓片云近，山分雁荡一峰孤。[2]

香清天上碧华落，音好林间青鸟呼。[3]

天遣林泉慰吾辈，不容身世老迷途。[4]

（《王十朋全集》卷一六）

注 释

[1] 皇都：指南宋京城临安。　　[2] 洞接龙泓：据元《仙都志》，鼎湖峰之东、灵泽庙左侧有洞，莫穷其源，曾见有二巨蛇在洞中饮水，故名双龙洞，亦称龙泓洞，虽大旱清流不竭。古人常祷雨于此。一峰孤：指鼎湖峰。作者自注"有石柱壁立，如雁荡天柱峰"。　　[3] "香清"句：指鼎湖峰上的鼎湖飘落清香的莲瓣。碧华，指莲花。青鸟：

传说中西王母的使者。此指林间普通的鸟，因仙都为洞天福地，故把它们视为神鸟。　　[4]天遣林泉：指人间美景都是上天有意设置。

赏　析

　　此诗写仙都之游。诗人浮想联翩："洞接龙泓片云近，山分雁荡一峰孤。"仙都的龙泓洞与西湖的龙泓洞（龙井）相连接，天上的片云在两洞之间飘浮。仙都山与雁荡山一分为二，仙都鼎湖峰一柱擎天，尤胜雁荡天柱峰。诗人通过奇思妙想，把仙都与西湖、雁荡有机地联系在一起并形成比较。无疑，仙都萃两地之胜景于一身，更胜一筹。除此之外，仙都还有碧莲飘香、青鸟好音等可资赏心悦目。尾联"天遣林泉慰吾辈，不容身世老迷途"，诗人大发感慨，认为仙都等美景是上天有意的安排，为的是安慰像作者那样的人，有这些美景可以归隐。此诗想象奇特，但最著名的还是首联"皇都归客过仙都，厌看西湖看鼎湖"。这是以状元之尊对仙都所作的评价，影响巨大。由此，这两句诗就成为宣传仙都的招牌诗、广告语。

钱 竽

　　钱竽，据厉鹗《宋诗纪事》载："字仲韶，端礼侄。乾道间，直秘阁，出守处州。"钱端礼系杭州临安（今杭州市临安区）人，官至参知政事兼权知枢密院事。可知钱竽亦当为临安人。其他事迹不详。

少微阁

少微阁应少微星，点点云间分外明。[1]
过雨晓来添练水，好山晴后见莲城。[2]
昔年人物不常有，近世英豪多间生。[3]
顾我把麾惭坐稳，落霞孤鹜看题名。[4]

（《宋诗纪事》卷五四）

注 释

[1]"少微阁"句：谓少微阁上应少微星。少微阁，在州治后厅西，郡守关景晖建，米芾书榜。分外明：指少微星分外明亮，预示科甲鼎盛，人才辈出。　　[2]莲城：处州府治的雅称。宋代，处州府治设在小括苍山上（今丽水万象山一带），因小括苍山四周众山环

簇，状如莲花，故又称"莲城山"。　[3]间生：间或涌现，不时涌现。　[4]把麾惭坐稳：指自己忝为郡守，坐镇处州，勉强胜任。此乃自谦的表述。麾，古代指挥军队的旗子。落霞孤鹜，化用王勃《滕王阁序》"落霞与孤鹜齐飞"。

赏　析

　　诗写登少微阁所见所想。首联先点明少微阁之寓意，它不是普通的建筑物，而是上应少微星。少微星主处州人才兴衰，"明大而黄，则贤士举"（《晋书·天文志》），诗人看到其"点点云间分外明"而感到欣慰。颔联写府治周围景色，无论"过雨""晴后"，在郡守眼里都美不胜收。作为郡守，登临少微阁，最关心的自然是处州是否能科甲鼎盛，人才辈出，故颈联、尾联就此展开。回望历史，昔年人才不常有，近世则不时有英豪涌现，势头不错。尾联表达了诗人美好的心愿，忝为郡守，在落霞孤鹜的美景中，就等着看金榜题名了。落霞与孤鹜，一语双关，既是眼前景色，也寓人才腾飞之意。处州科甲之盛就数宋朝，两宋期间，处州进士人数在浙江十一州中名列前茅，诗人当可安心了。全诗围绕少微阁建筑寓意做文章，符合诗人的知州身份。

陆　游

　　陆游（1125—1210），字务观，号放翁，越州山阴（今浙江绍兴）人。宋高宗时应礼部试，为秦桧所黜。绍兴三十二年（1162）孝宗即位，赐进士出身。著有《剑南诗稿》《渭南文集》《南唐书》《老学庵笔记》等。陆游于绍兴二十八年始出仕，初为福州宁德县主簿，次年调官为福州决曹，绍兴三十年正月自福州北归赴临安，除敕令所删定官。赴福州任及北归，陆游两次途经处州，写下了若干诗作。

石　门 [1]

昔读康乐诗，梦到石门山。[2]

中有醉道士，倒佩落其冠。[3]

来游一一是，嵌岩如屋宽。[4]

喷薄三百尺，万珠落珊珊。

峭壁天削成，磐石容投竿。[5]

摩挲苍藓字，喟发千载叹。[6]

老洪梦中旧，两脸依然丹。[7]

语我君小留，山瓢勿嫌酸。[8]

涧果四时有，收拾苦不难。[9]

旋炊胡麻饭，荐以枸杞桨。[10]

手摘石上茶，风炉煮甘寒。

扰扰尘土中，未易得此欢。

濯足山下潭，戏惊蛟龙蟠。[11]

醉面索吹醒，坐待风雷翻。[12]

(《剑南诗稿校注·逸稿补遗》)

注 释

[1]此诗为陆游绍兴三十年春自福州北归途中作于青田。 [2]康乐诗：指谢灵运《石门新营》《登石门最高顶》《石门岩上宿》等诗。陆游自言因谢诗而梦游石门洞。 [3]"倒佩"句：指因醉酒而衣冠不整状。 [4]"来游"句：指来石门洞游览所见，与梦境一一相吻合。嵌岩：山洞。 [5]"磐石"句：指瀑布下有巨石，可容在上投竿垂钓。 [6]"摩挲"句：指用手抚摩已长满苔藓的摩崖题刻。 [7]"老洪"句：指接待自己的道士老洪跟当初梦见过的道士一模一样。 [8]山瓢：山野中人所用的瓢。泛指粗陋的盛器或饮器。 [9]苦不难：很容易。 [10]胡麻饭:《幽明录》载，刘晨、阮肇共入天台山而迷路，遇二女子邀至家，"食胡麻饭、山羊脯、牛肉，甚甘美"。胡麻，即芝麻。 [11]蟠：屈曲，环绕。 [12]索：须，应。

赏 析

诗写多年前曾读过谢灵运的石门诗，由此还曾梦游过石门，梦中还遇到一位衣冠不整、醉态可掬的道士。多年以后来到石门洞，发现现实所见与当年梦中情景竟然一一吻合。"老洪梦中旧，两脸依然丹。"最让诗人难忘的是老洪道士，当年梦见的道士，正是现实中的这位老洪，他的脸色依然红彤彤，跟梦中所见没有什么两样。老洪就地取材，倾其所有，盛情款待诗人。诗人大感畅快，"扰扰尘土中，未易得此欢"。在微醺中，濯足深潭，感觉似乎惊动了蛟龙，即将激荡起风雷。诗人多年前的梦境与后来所遇的现实竟然重合，令人匪夷所思。由此，诗歌被一种神秘色彩所笼罩，如梦似幻。诗人善于写梦，于此可见一斑。那么，诗人所说的梦境，到底是出于艺术虚构，还是真实的一梦呢？二十多年后，诗人重新提起此事，声称"人生万事皆如梦"，诗人既然如此说，那就当是真实一梦吧。

南园四首（其一）[1]

晓莺催系柳边舟，老陌东风拂面柔。[2]

客里又惊春事晚，梦中重续栝苍游。[3]

欢情饮量年年减，古寺名园处处留。

却羡少年轻岁月，角声如此不知愁。

（《剑南诗稿校注·逸稿补遗》）

注 释

[1]《南园四首》分别为七律二首、七绝二首,绍兴三十年春自福州北归途中作于处州。南园:在小括苍山南麓,濒临大溪(瓯江上游之称)。　　[2]"晓莺"句:意谓黄莺催促诗人泊舟靠岸,上岸一游。　　[3]"梦中"句:绍兴二十八年冬,陆游赴福建宁德县主簿任时,取道永嘉经处州。绍兴三十年春自福州北归再经此,故云"重续栝苍游"。栝苍,一作"括苍",即处州。

赏 析

此诗虽以《南园》为题,更多的是抒发诗人羁旅之愁。首联写船到城下,热情的黄莺催促诗人赶紧泊舟靠岸。诗人不说自己急着上岸,而偏说是黄莺催促,这种写法,可避免平铺直叙。颔联再点出具体时间、地点及自己作为旅客,途中经过的情况。颈联,写自己近年心境大变,快乐不多,喝酒也大不如前,倒是对古寺名园越来越感兴趣,暗示自己老了。尾联,对不知愁为何物的年轻人表示羡慕。其实诗人才三十六岁,正是年富力强之时,何以显得暮气横秋,落落寡欢?究其原因,大概是诗人还没有找到人生的方向,心里比较茫然。直到诗人四十六岁入蜀从军,火热的军旅生活才使他眼界大开,心境大变,诗歌创作也有了质的飞跃。可以说,此诗为陆游早年思想留下了一份记录。

姜特立

姜特立（1125—?），字邦杰，号梅山，处州丽水（今丽水市莲都区）人，寓居婺州（今浙江金华）武义。父姜绶靖康间为国捐躯，姜特立承父荫恩补承信郎，累迁福建路兵马副都监。淳熙十一年（1184）孝宗召见，授阁门舍人，命充太子宫左右春坊兼皇孙平阳王伴读，深得太子恩宠。光宗受禅登基，任知阁门事，旋被弹劾而去职。后任浙东马步军副总管。宁宗时官拜庆远军节度使。《四库全书总目提要》谓其诗"意境特为超旷，往往自然流露，不事雕琢"。与韩元吉、陆游、杨万里等多有唱和。有《梅山续稿》十八卷存世，多为六十岁后作品。

过冯公岭 [1]

盘峤中间十里湾，绕山如蹑翠连环。[2]

两岐尽处忽回首，只在寻常一望间。

（《姜特立集》卷一五）

注　释

[1]冯公岭：处州缙云至丽水之间的山岭，以山高岭峻著称。因岭上多

桃花，又名桃花岭。光绪《处州府志》："桃花岭，跨丽、缙二邑之间，纡回五十里，为瓯、栝赴省孔道。"乾隆《缙云县志》："冯公岭：（缙云县）西南二十五里，古名木合岭，岭有桃花隘，善士冯大杲所凿。杨亿比之剑阁。"　[2]盘崎：盘绕的山道。崎，山道。

赏　析

　　冯公岭，地处丽水（今丽水市莲都区）至缙云之间，长约五十里，自宋以来，为温州、处州北上省城、京都必经之地，因山高岭峻，杨亿比之剑阁。但凡进出温州、处州的文人都有翻越冯公岭的经历，故尔留下了众多吟咏冯公岭的诗篇。姜特立的《过冯公岭》着重描写翻越冯公岭的体验，进入丛山之中，山路盘绕，就像在连环套中绕行，看不见尽头。但最终走出大山的时候，回头一望，那曾经折磨人的大山，原来也就一般般。"两岐尽处忽回首，只在寻常一望间"，貌似难以克服的困难，当将它征服以后，回头一看，发现不过尔尔。诗歌虽然写的是绕山而行，但给予读者的远不止绕山而行这么简单，其背后所蕴含的理趣，才是最值得玩味的。

范成大

范成大（1126—1193），字致能，一字幼元，早年自号此山居士，晚号石湖居士，平江府吴县（今江苏苏州）人。绍兴二十四年（1154）登进士第，官至敷文阁待制、四川制置使。晚年退居石湖，加资政殿大学士。有《石湖集》三十四卷。范成大曾任处州知州，从乾道四年（1168）八月到任，到乾道五年五月离任，在处州实际上只有八九个月。虽然任职时间不长，但修复通济堰、推行义役法、重建平政桥，政绩卓著。

次韵徐子礼提举莺花亭（其五）[1]

山碧丛丛四打围，烦将旧恨访黄鹂。[2]

缬林霜后黄鹂少，须是愁红万点时。[3]

（《范石湖集》卷一○）

注　释

[1]莺花亭：在处州府治南面之南园，郡守范成大建。乾道四年，浙东提举徐子礼巡察处州，提议建亭以纪念秦观，并据秦观《千秋岁》"花影乱，莺声碎"取名莺花亭，后赋六绝而去。次年亭成，范成大以次韵六绝相寄，此其五。　[2]"山碧"二句：意谓秦观当年有"行到

小溪深处，有黄鹂千百"之句，可是如今把山四面围起来，也看不见几只黄鹂。四打围，四面围起来。　　[3]"缬林"二句：谓霜后的秋林难见黄鹂踪迹，大概要到"飞红万点愁如海"的春天它们才会出现。缬（xié）林，指秋季叶红，树林呈红色。

赏　析

　　此诗写专程到秦观游玩过的山上去寻访黄鹂。秋后的山林，层林尽染，却鲜见黄鹂，看来得到"飞红万点愁如海"的春天，才会有"黄鹂千百"的景象。诗歌巧妙地糅合秦观《千秋岁》《好事近》两首词的意象，既点出了秦观在处州的名作，又写出了秦观在处州的游踪，同时更抒发了对秦观的悼念。《次韵徐子礼提举莺花亭》六首写法多类此。诗人主要通过寻访秦观遗踪、品读秦观作品、述说秦观故事等方式描述秦观贬谪处州期间的情状，对他的不幸表达了深切同情，对他的诗词成就给予了充分肯定。在艺术上，六首诗的最大特点是充分利用秦观处州之作，或撷取其意象，或借题发挥，以少总多，取得了很好的效果。自此以后，莺花亭就成为文人墨客凭吊秦观的重要场所。

郑汝谐

郑汝谐（1126—1205），字舜举，号蔗庵，晚号东谷居士，处州青田人。绍兴二十七年（1157）进士。历任两浙转运判官、江西转运副使、大理寺少卿等职。以徽猷阁待制致仕。晚年居青田，大力推行"以瓦易茅"，城乡面貌焕然一新，且大大降低了火患风险。著有《东谷易翼传》《论语意原》《东谷集》等。

题石门洞

每移征棹并云根，便觉幽怀谢世喧。
皓色飞来天际雪，红尘不到水边门。
破荒康乐名犹在，纪胜元章字不存。[1]
但有好山容老子，何须更访武陵源。

（《全宋诗》卷二三三八）

注 释

[1]破荒康乐：指石门洞系谢灵运首次发现并开发。破荒，破天荒，第一次。纪胜元章：谓米芾曾在石门洞题字以纪其胜。此说未见记载。

元章,米芾字元章,北宋著名书法家,与蔡襄、苏轼、黄庭坚并称"宋四家"。

赏 析

诗写游石门洞。首联写自己与红尘格格不入,每次坐船远行或经过云起之处,就感觉自己好像辞别了喧闹的世界。颔联写石门洞之环境特别符合诗人内心之需求。"皓色飞来天际雪",石门飞瀑激起的水沫洁白如天边的雪;"红尘不到水边门",尘世的喧闹被江边的石门挡在外头进不来。此联对仗工稳,意境空灵,出语自然。颈联写搜寻石门洞摩崖题记,谢灵运的大名还有留存,米元章的题字已不见踪迹。尾联总括全诗,"但有好山容老子,何须更访武陵源",武陵桃花源谁也找不到,何须刻意寻访?石门洞就是理想的容身之所。尾联进一步表达了诗人对石门洞的青睐。

项安世

项安世（1129—1208），字平甫（一作平父），号平庵，处州松阳人。淳熙二年（1175）进士。历任秘书省正字、校书郎兼实录院检讨官、通判池州、知鄂州、户部员外郎、湖广总领等职。南宋理学家，庆元党禁期间，曾遭受打击。四库馆臣谓："安世之经学深矣，何可轻诋也。"有《周易玩辞》《项氏家说》《平庵悔稿》等著述存世。

游延庆寺[1]

急雨泷危石，横云煮古碑。[2]

入山芒屦湿，归路角巾欹。[3]

中湿连宵病，平生此段奇。[4]

只今酬妙句，犹自爱当时。

（《项安世诗集》卷五）

注　释

[1]延庆寺：在松阳县西五里。梁时建。北宋咸平二年（999），在寺前动工兴建云龙塔，历时三年完工。南宋初改名延庆寺塔。　　[2]泷：

湍流，此指湍流冲击。焘（dào）：覆盖。　　[3]芒屦（jù）：芒鞋。用芒茎外皮编织成的鞋，也泛指草鞋。角巾：方巾，有棱角的头巾。欹（qī）：倾斜，歪向一边。　　[4]中湿：外感或内伤引起的一些症候。

明　吕文英　江村风雨图

赏 析

　　此诗作者自注云:"予向游延庆寺,冒雨得疾。"诗歌追忆当初游延庆寺遇雨的情景。首联写突然之间乌云笼罩,连古碑都被覆盖,猝不及防的急雨倾泻在危崖上。颔联写因下雨鞋子湿透,返回的时候头巾歪斜。颈联写因淋雨而致病。读者或许以为诗人会有抱怨,结果诗人却说"平生此段奇",认为这也算得上是平生一段奇遇,一点没有感到后悔。尾联写如今举笔描述当初的遭遇,搜寻妙句酬答当初延庆寺一游,发现内心里依然喜欢那样的经历。诗歌平铺直叙,并无特别亮眼之句,倒是诗人对待遇雨的态度,让人联想起苏轼"一蓑烟雨任平生"的坦然。诗人此诗,亦不妨可看作其处世态度的一种写照。松阳延庆寺塔至今犹在,是江南诸塔中保存较完整的北宋原物,已被列为全国重点文物保护单位。

朱 熹

朱熹（1130—1200），字元晦，一字仲晦，号晦庵，别称紫阳，晚号晦翁等，谥号"文"，世称"朱文公"。徽州婺源（今属江西）人，生于南剑州尤溪（今属福建）。绍兴十八年（1148）进士。官至焕章阁待制兼侍讲。南宋著名理学家，其思想被称为"朱学"，与"二程"学说合称"程朱理学"。著有《晦庵先生文集》。淳熙八年（1181），朱熹出任提举两浙东路常平茶盐公事，次年八月，从台州仙居巡历至缙云，在缙云有过数天的逗留，其间在仙都等地讲学、游览，由此对缙云的学风、士风产生了巨大而深远的影响。

仙都徐氏山居[1]

出岫孤云意自闲，不妨王事似连环。[2]

解鞍盘礴忘归去，碧涧修筠似故山。[3]

（成化《处州府志》卷八）

注 释

[1] 此诗乃追和李士举《过仙都徐氏山居》。仙都徐氏山居，系唐代诗

人徐凝故居。据元陈性定《仙都志》,李士举,宋绍兴间转运使,曾游缙云仙都,作《过仙都徐氏山居》,诗云:"四海无尘战马闲,稻粱桑柘绿回环。不知尽是君王力,华屋重重对好山。" [2]出岫孤云:从山里飘出的浮云。朱熹用以自比。"不妨"句:意谓任由公事连环相套,没完没了。连环,比喻连续不断。 [3]解鞍:解下马鞍,表示停驻。盘磚:徘徊,逗留。修筠:修竹。故山:指朱熹曾长期生活过的武夷山。

赏　析

　　淳熙九年八月,任提举两浙东路常平茶盐公事的朱熹从台州仙居巡历至缙云,为了等待弹劾台州知州唐仲友的处理结果,在缙云有过数天的逗留。朱熹虽在缙云只有短暂的几天,但忙里偷闲,讲学、游览两不误。因对缙云道教名山仙都有极好的印象,于是作《仙都徐氏山居》。诗的大意是说:暂且把没完没了的公事放在一边,自己就像出岫的浮云,难得那么适意悠闲。仙都的碧涧修竹,与自己的故山武夷山是那么的相似,所以盘桓其间,几乎要忘记归去。这是一代大儒对仙都的高度评价,也是对整个缙云的肯定,对于缙云而言,意义非凡。为了纪念朱熹的缙云之行以及教化之功,在朱熹去世后,人们在朱熹曾经讲学过的仙都与美化乡先后修建了独峰书院与美化书院。

楼 钥

楼钥（1137—1213），字大防，号攻媿主人，明州鄞县（今浙江宁波）人。隆兴元年（1163）进士。官至参知政事。卒赠少师，谥号"宣献"。南宋文学家、理学家。有《攻媿集》一百十二卷存世。楼钥之父楼璩曾为处州知州，楼钥本人早年曾任温州教授、温州知州等职，时常往返温州与处州之间，以此之故，处州与楼钥有着不解之缘。

过苍岭（其二）[1]

崇朝辛苦上孱颜，泥径初平意暂闲。[2]

苍岭东头移野步，眼前便得处州山。[3]

（《楼钥集》卷六）

注 释

[1]苍岭：连接处州与台州的山岭，以险峻著称。南宋以来，沿海挑往内地的食盐多经苍岭，故又称"担盐大道"。此题有二首，本书选录第二首。　[2]崇朝：从天亮到早饭时。犹言一个早晨。孱颜：指高峻的山岭。　[3]野步：野外步行。

赏 析

《过苍岭》原本二首,写跋涉苍岭,从台州进入处州缙云地界。第一首写进入缙云地界后,到处打听岭上人家哪家有好酒,"路入缙云频借问,碧香酒好是谁家"。大约是走累了,想喝酒解乏;或者是胜利在望,想喝酒庆贺;或者二者兼而有之。本书选取其中第二首,"崇朝辛苦上屏颠",一早赶路,登上崎岖的山岭,异常辛苦。进入处州缙云地界后,"泥径初平意暂闲",泥路稍显平坦,心情也随之显得悠闲。由东西望,"眼前便得处州山"。处州在望,诗人心里显然大大松了一口气。《过苍岭》二首纯用白描,小巧新颖,平易自然,诗人的心理活动隐含在朴实的文字背后,令人忍不住猜想,读来饶有趣味。

清　陆曙　山光远岫图(局部)

叶 適

叶適（1150—1223），字正则，号水心居士，永嘉（今浙江温州）人。淳熙五年（1178）进士。宋宁宗朝累官宝文阁待制，兼江淮制置使。对外力主抗金。叶適是南宋著名思想家、文学家，重功利之学，认为义不可离利，主张"经世致用，义利并举"，是永嘉事功学派的杰出代表，其思想对后世影响深远。有《水心先生文集》二十九卷存世。

冯公岭

冯公此山民，昔开此山居。

屈盘五十里，陟降皆林庐。[1]

公今去不存，耕凿自有余。

风篁生谷隧，雨筛来岩虚。[2]

人随乱云入，咫尺声相呼。[3]

四时草木香，异类果蔌腴。[4]

采薪得崖花，结缀成襟裾。[5]

此亦佳窟宅，可对幽人娱。[6]

何必种桃源，始入仙者图。

瓯闽两邦士，汹汹日夜趋。[7]

辛勤起芒屩，邂逅乘轮车。[8]

山人老白首，名氏不见书。[9]

我独何为者，拊身念居诸。[10]

(《叶適集》卷六)

注　释

[1]屈盘：曲折盘绕。陟降：上升、下降。林庐：林中茅屋。　[2]风篁：风中的竹子。谷隧：山谷，山沟。雨旆：指大雨。旆，旌旗的垂旒。岩虚：岩穴。　[3]咫尺：比喻很近的距离。　[4]蔌：蔬菜的总称。腴：肥。　[5]"结缀"句：指把山花编织成衣襟。　[6]窟宅：住人的洞穴，多指神仙的住所。幽人：幽隐之人，隐士。　[7]瓯闽：古代瓯越和闽越地区。此指温州、处州两地。"汹汹"句：指来来往往，日夜有人在冯公岭上奔走。　[8]芒屩(juē)：芒鞋。泛指草鞋。"邂逅"句：指轿子迎面相遇。轮车，岭上部分地段可以通独轮车之类。　[9]"山人"句：指住在冯公岭上的山民老死没人知道他们的名姓。　[10]拊身：拍打自己的身子。居诸：日居月诸，时光流逝之意。

赏 析

　　此诗写冯公岭上的山民、来往的行人及所引起的思考。首四句先写冯公岭系山民冯公所开凿，自此冯公岭高高低低就有山民居住。"公今去不存"以下十四句，写冯公岭上山民之生活。虽然居住环境恶劣，但四时果蔬鲜美，山花烂漫，亦有诱人之处。对于那些厌弃红尘的"幽人"而言，冯公岭无疑是世外桃源，理想窟穴。"瓯闽两邦士"以下四句，写为了追名逐利而往来于冯公岭上的行人，他们奔走于名利场中，"汹汹日夜趋"，别有一番辛苦，跟与世无争的冯公岭山民形成鲜明对比。最后"山人老白首"四句，写山民一生无声无息，连姓名都没有留下，让诗人心有戚戚。世人大多忙于追逐名利，而山民却老死姓名无存。那么哪一种处世方式才是可取的呢？或者还有别的更值得追求的处世方式？这是冯公岭上引起诗人思考的问题，但是诗人没有给出答案。"我独何为者"？诗人在扪心自问、自我反省中戛然搁笔。如果联系诗人"经世致用"的事功主张，诗人当然不会认可以山民的这种处世方式了此一生，但他也不会赞同"汹汹"的追名逐利者。名利之外，或许诗人更看重的是人生价值的实现。

董居谊

董居谊（1157—1235），字仁甫，临川（今属江西）人。南宋淳熙八年（1181）进士，嘉定初通判处州。官至起居舍人，权工部侍郎，出为四川制置使。晚年居住永州。

见山楼下植梅百本九月见花[1]

手种寒梅度一春，主人指日是行人。
孤根奈久不忘旧，疏蕊逢秋已献新。
堪笑世情何恁薄，不知花意却相亲。
年年记取栽培力，为送幽香入梦频。

（《全宋诗》卷二六七五）

注 释

[1] 见山楼：在处州州治万象山通判厅，通判董居谊建。

赏 析

诗写所种百株梅花不忘主人栽培之力，按时开放，哪怕主人指日就要离开了，它们仍然念及旧情，未到季节就奉献花蕊。由此联想到世态炎凉、人情冷暖:"堪笑世情何恁薄,不知花意却相亲。""世情"还不如"花意",令人感慨。植物不能跟人相比,这谁都知道,所以这首诗貌似很无理,但仔细想来,好像又有道理,难以辩驳。

清　彭玉麟　梅花图

徐 照

徐照（？—1211），字道晖，一字灵晖，自号山民，永嘉（浙江温州）人。家境清寒，布衣终身，以诗游士大夫间，行迹遍及今湖南、江西、江苏、四川等地。作诗以晚唐贾岛、姚合为宗，与徐玑、赵师秀、翁卷并称"永嘉四灵"，同出叶适之门。著有《芳兰轩集》。

石门瀑布[1]

一派从天落，曾经李白看[2]。

千年流不尽，六月地长寒。

洒木喷微沫，冲崖激怒湍。

人言深碧处，常有老龙蟠。

（《永嘉四灵诗集·芳兰轩诗集》卷上）

注 释

[1]石门瀑布：见谢灵运《石门新营》注。　　[2]一派：一条水流。

赏 析

　　此诗写青田石门洞观瀑。首联写石门洞瀑布似乎从天而落，而且曾经李白鉴赏。不过李白虽有"缙云川谷难，石门最可观"之句，实际上并没有造访过石门洞。颔联、颈联写飞瀑千年长流，站在其下方，即使六月仍寒气逼人；洒在树枝上，顷刻喷为飞沫；冲击崖壁，顿时激起急湍。尾联"人言深碧处，常有老龙蟠"，借传闻深潭里常有蟠龙，进一步渲染石门瀑布之不凡，甚妙。徐照诗学晚唐贾岛、姚合，讲究精雕细琢，此诗如"洒木喷微沫，冲崖激怒湍"，显然雕琢所得，但全诗自然流畅，想象丰富、多用夸张，不失为好诗。

徐 玑

徐玑（1162—1214），字致中，又字文渊，号灵渊，晋江（今福建泉州）人，自其父移居永嘉（今浙江温州）。浮沉州县，为官清正，守法不阿。曾任建安主簿、龙溪县丞、武当令等职。为"永嘉四灵"之一。著有《二薇亭集》。

题石门洞

瀑水东南冠，庐山未足论。[1]

飞来长似雨，流处不知源。

洞里龙为宅，溪边石作门。

修行谢康乐，庵有故基存。

（《永嘉四灵诗集·二薇亭诗集》卷上）

注 释

[1]庐山未足论：指比之青田石门洞瀑布，庐山瀑布不值一提。

赏 析

诗写青田石门洞瀑布。首联"瀑水东南冠，庐山未足论"所写，并非事实。同属浙江的文成百丈漈、雁荡大龙湫都要比石门瀑布高，而庐山瀑布之高度也远超石门瀑布。但诗人只是表达自己的感受，从文学描写而言并无不可。首联先声夺人，富有气势，从艺术上而言，取得了很好的效果。颔联"飞来长似雨，流处不知源"写石门瀑布飞泻而下，雨雾空蒙，如此巨大的瀑布，令人好奇到底来自何处。颈联"洞里龙为宅，溪边石作门"，写石门洞环境，写实中兼有想象。颔联、颈联对仗工稳，出语自然，这也是"永嘉四灵"诗人的长项。尾联由写景转而写人，缅怀石门洞的初开者谢灵运，声言谢灵运曾在此修行，其遗址仍在。其说虽不准确，但既为诗歌创作，亦无可厚非。

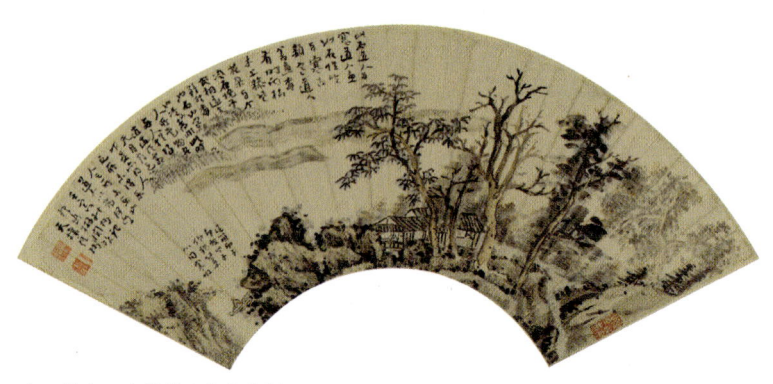

清　髡残　为寒道人作山水图

翁 卷

　　翁卷（1163—1245），字续古，一字灵舒，温州乐清人。工诗，为"永嘉四灵"之一。曾领乡荐，生平未仕。以诗游士大夫间。著有《四岩集》《苇碧轩集》等。

处州苍岭[1]

步步蹑飞云，初疑梦里身。
村鸡数声远，山舍几家邻。
不雨溪长急，非春树亦新。
自从开此岭，便有客行人。

（《永嘉四灵诗集·苇碧轩诗集》）

注　释

[1]苍岭：连接处州与台州的山岭，以险峻著称。

赏　析

　　诗写跋涉苍岭所见。首联扣题，先从跋涉苍岭写起。"步步蹑飞云，初疑梦里身"，两句诗围绕一个"高"字展开，行走其间，仿佛就像步步踩着飞云，让人有一种梦幻的感觉。颔联、颈联，写岭上所见。"村鸡数声远，山舍几家邻"，写岭上人家；"不雨溪长急，非春树亦新"，写岭上景色。此二联，对仗工稳，语言清新，动静结合，动中见静，描绘如画，富有唐诗韵味。尾联"自从开此岭，便有客行人"，呼应首联，以行路始，以行路结，收笔高妙，留下余味。

明　项圣谟　重山峻岭图

刘 宰

刘宰（1166—1239），字平国，号漫塘病叟，金坛（今属江苏常州）人。绍熙元年（1190）进士。历任州县，有能声。寻告归。宋理宗立，以为籍田令。迁太常丞，知宁国府，皆辞不就。隐居三十年，于书无所不读。既卒，朝廷嘉其节，谥"文清"。为文淳古质直，著有《京口耆旧传》《漫塘文集》等。刘宰曾为浙东仓司干官，又其续妻系处州丽水（今丽水市莲都区）人，故或因此到过处州。

冯公岭[1]

地隘山逾峻，人勤俗不奢。[2]
时培石上土，更种竹间茶。
接畛田成篆，连筒水溅花。[3]
征尘如不到，老我即东家。

（《全宋诗》卷二八〇七）

注 释

[1] 冯公岭：见姜特立《过冯公岭》注。　[2] 俗不奢：指风俗崇尚俭

朴，不追求奢华。　[3]"接畛"句：指不规整的田互相连接，田间小路纵横交错、弯弯曲曲，看起来就像篆书。畛，田间小路。"连筒"句：指田与田之间用竹筒排水灌溉，溅起水花。

赏　析

　　此诗描写冯公岭山民劳动生活。首联总写：冯公岭上地窄山峻，山民勤劳俭朴，概括准确到位。颔联、颈联，集中笔墨具体描写勤劳的冯公岭山民在田地不足的情况下，尽可能最大限度地开发土地资源，在石头上培土，在竹林间种茶，想方设法为我所用。"接畛田成篆，连筒水溅花"，将开垦出来的田勾连一起，田埂穿行其间，远望如篆书，利用竹筒排水灌溉，水花四溅。尾联说如果不是要风尘奔波，真想一辈子在此地住下来。此诗所写冯公岭山民劳动生活，实为浙西南山民劳动生活的缩影。自陶渊明以后，田园诗数量众多，但以山区作为描写对象，突出山区特色的还不多见。此诗所写，题材新颖，描写独到，形象生动，特色鲜明，堪称田园诗中的佳作。

戴复古

戴复古(1167—?),字式之,号石屏,台州黄岩人。少孤。笃意于诗,曾登陆游之门。一生未仕,嘉熙元年(1237),归隐于南塘石屏山下,日与子侄辈吟咏酬和,卒年八十余。南宋江湖诗派代表,作品受晚唐诗风影响,兼具江西诗派风格。有《石屏小集》等存世。

括苍石门瀑布

少泊石门观瀑布,明知是水却疑非。[1]

乱抛雪玉从天下,散作云烟到地飞。

夜听萧萧洗尘梦,风吹细细湿人衣。

谢公蜡屐经行处,闻有留题在翠微。[2]

(《戴复古诗集》卷六)

注 释

[1]少泊:稍事停船。 [2]谢公:谢灵运。蜡屐:涂蜡的木屐。翠微:青绿的山色,泛指青山。

赏　析

　　此诗写青田石门洞瀑布。首联点题，"明知是水却疑非"一句，总写石门瀑布给人的印象，引出下联。颔联用流水对，一气呵成，极为生动形象地刻画出飞瀑自天而降落到地面，由"雪玉"散作"云烟"的变化，富有动态美。"乱抛"二字，可见水流奔涌，水势之大，凸显了瀑布之气势。如果说颔联是通过视觉写白天瀑布，那么颈联则是通过听觉、触觉写夜中瀑布。听觉上，瀑布之声似乎可以洗去风尘；触觉上，可以感受到弥漫的水汽润湿了衣裳。尾联，由写瀑布转为写瀑布的发现者谢灵运：闻说当初谢灵运所经之处，还有题刻留存。既然如此，诗人或许会作一番搜寻，但诗歌却戛然而止，后续如何，留给读者想象。诗歌清健轻快，描摹生动，对仗工整而无斧凿痕，堪称佳作。

赵师秀

　　赵师秀（1170—1219），字紫芝、灵芝，号灵秀，又号天乐，永嘉（今浙江温州）人。宋光宗绍熙元年（1190）进士。宋宁宗庆元元年（1195）任上元主簿，金陵幕从事，官终筠州推官。"永嘉四灵"之一，诗学晚唐贾岛、姚合。著有《清苑斋集》。

缙云县宿 [1]

亲知因别久，具酒劳经过。[2]

古邑居人少，春寒入夜多。

雨香仙地药，烛动石桥波。[3]

稍觉离家远，乡音一半讹。[4]

（《永嘉四灵诗集·清苑斋诗集》）

注　释

[1]缙云县宿：指住宿在缙云县治所在地在今丽水市缙云县五云街道。
[2]具酒：准备酒宴。劳：慰劳。　[3]仙地药：当指地里种的一种药材。缙云仙都系道教所称洞天福地，故称之"仙地"。　[4]讹：错误。此指发音差异。

赏　析

　　诗写住宿在缙云县治五云，受到亲友的款待。诗人难得经过缙云，在缙云的亲友久别重逢，热情款待诗人。室外春雨淅沥，室内烛光摇曳。就是在这样的夜里，亲友相聚，喝酒聊天，本来应该很开心。结果尾联诗人却说："稍觉离家远，乡音一半讹。"尾联二句，耐人寻味。缙云离诗人的家乡永嘉不算远，在缙云的亲友中，或许有些人也能讲几句永嘉话，这让诗人感觉好像离家乡很近。但是他们毕竟不是永嘉人，说出来的永嘉话有一半发音不准确，不是地道的乡音，这又让诗人感觉离家稍嫌远了点。抑或，这些亲友本来也是永嘉人，寓居缙云时间久了，说出来的乡音夹杂着缙云方言，让诗人意识到缙云终究不是自己的家乡。尾联二句，很好地写出了诗人的乡愁与微妙的内心世界。

沈 说

沈说,字惟肖,号庸斋,处州龙泉人。绍定五年(1232)进士,曾任贵溪主簿一年,即弃官隐居。有《庸斋小集》存世。

缙云道中

去作京华客,离家此月前。

问程恰中道,数日近残年。[1]

山雨易成雪,村云疑是烟。

仆行愁不进,添乞酒浆钱。

(《全宋诗》卷二九五三)

注 释

[1]残年:指一年将尽之时。

赏 析

此诗写年关临近,还在冲风冒雪,长途跋涉。诗人本月前从老家龙泉出发前往京城临安,一路辛苦,到了缙云地界,一打听,才知道刚走了一半,而数数日子,却快到年底了。如果不加快速

楞定　雪景

度，恐怕得在路上过年了。颈联"山雨易成雪，村云疑是烟"，具体描写连日来跋涉的情景。走在山岭上，天气寒冷，本是下雨，经常会转为飘雪，路上一个个村庄，远远看去，雾气弥漫，还以为是炊烟。尾联写雇用的挑夫中途嫌路途遥远，山路难走，变相加价，乞讨添加酒水钱。诗人本已担心赶不上过年，而挑夫却行动迟缓，借口抬价，想必心情十分糟糕。此诗妙在能结合自己的内心活动来写长途跋涉，语言虽简单，内涵却丰富。尤其挑夫要求添加酒水钱的节外生枝，颇具故事性。

林景熙

林景熙（1242—1310），字德旸，一作德阳，号霁山，温州平阳（今浙江平阳）人。咸淳七年（1271），由上舍生释褐成进士，任泉州教授。历礼部架阁，转从政郎，人称"林架阁"。宋亡后不仕，隐居于平阳县城白石巷。宋末著名爱国诗人，其诗风格幽婉，沉郁悲凉又不失雄放，被比之为"屈子《离骚》、杜陵诗史"。有《霁山集》存世。

括 城[1]

寒芒曾动少微星，一水溶溶叠嶂横。[2]

落日渔舟吹远笛，断烟戍屋带荒城。[3]

沙鸥欲近如招隐，关树无多亦厌兵。[4]

却忆莺花亭外路，太平箫鼓沸春声。[5]

（《林景熙集校注》卷二）

注 释

[1]括城：指处州府城。　[2]少微星：处州上应少微星。一水：指瓯江上游大溪。溶溶：宽广貌，河水流动貌。　[3]戍屋：戍卒所居

的屋舍，兵营。　　[4]关树：生长在城关边上的树木。厌兵：指厌恶战争。　　[5]莺花亭：在处州府治南面之南园，郡守范成大为纪念秦观而建。

赏　析

  诗写宋亡后处州府城。首联写处州府城本是钟灵毓秀之地，上应少微星，大溪从城南淙淙流过，四周层峦叠嶂。"寒芒曾动少微星"，但府城不幸遭遇兵燹，战火扰动了少微星，府城已非往昔。颔联描写府城晚景。落日中渔舟归来，笛声呜咽；城中已断了炊烟，兵营废弃、府城荒凉，已见不到生气。颈联借动植物之表现，用拟人手法，写战争造成的严重创伤。沙鸥似乎对曾经的战争感到后怕，生长在城关边上的树木似乎也厌恶战争，不愿言及兵燹。动植物尚且如此，人就更不必说了。尾联回想往昔，在太平年代，莺花亭外曾经箫鼓鼎沸。诗人"悲凉于残山剩水"，借鉴姜夔《扬州慢·淮左名都》"废池乔木，犹厌言兵"的表现手法，凄怆悱恻，表达了对战争的憎恨，抒发了故国沦亡之悲。

张玉娘

张玉娘(1250—1277),字若琼,自号一贞居士,处州松阳人。出身仕宦世家。自幼聪慧,好读书,过目成诵。擅诗词,时人以汉班昭比之。及笄,由父母作主,与沈佺订婚。后沈氏家道中落,张父欲悔婚,玉娘坚誓与沈佺终身相爱。咸淳七年(1271),沈佺进京赴试,中榜眼,不幸染病而卒。张玉娘忧伤成疾,数年后亦香消玉殒。明清之际,传奇作家孟称舜撰《张玉娘闺房三清鹦鹉墓贞文记》,将张玉娘、沈佺爱情故事搬上舞台。后人将张玉娘遗稿编为《兰雪集》二卷,有诗百余首、词十六阕。学界将其与李清照、朱淑真、吴淑姬并称为"宋代四大女词人"。

山之高三章

山之高,月出小。

月之小,何皎皎!

我有所思在远道。

一日不见兮,我心悄悄。[1]

采苦采苦，于山之南。[2]

忡忡忧心，其何以堪。[3]

汝心金石坚，我操冰雪洁。

拟结百岁盟，忽成一朝别。

朝云暮雨心去来，千里相思共明月。[4]

（《兰雪集校笺》卷上）

注　释

[1] 悄悄：忧愁貌。　[2] 采苦：采苦菜。此以苦菜之苦喻相思之苦。　[3] 忡忡：心忧貌。　[4] 朝云暮雨：神话传说中有巫山神女兴云降雨之事，后多喻男女的情爱与欢会。

赏　析

《山之高三章》写对心上人沈佺的相思。首章写因月而生相思。第二章，写相思之苦。第三章，表明自己节操如冰雪，愿意化作朝云暮雨永远陪伴在心上人身边。三章诗，步步深入，充分展现了张玉娘爱情的坚贞以及相思的刻骨。全诗以月起，以月结，笼罩在一片清辉之中，象征着张玉娘爱情的纯洁。《山之高三章》在艺术上最突出的特点是对《诗经》的化用与借鉴。如首章月下怀人,与《诗经·月出》一脉相承。第二章在引用《诗经·采苓》"采苦采苦"之句用以比兴的同时,借该诗中主人公不信谣言,还表明了自己听到风言风语后不免担心,但又坚信心上人的复杂心理。此外,本诗章法多变,句式自由灵活,无不显示出诗人艺术手法之高超。元代著名文学家虞集认为《山之高三章》"有三百篇之风,虽《卷耳》《草虫》不能过也",给予了极高的评价。《山之高三章》是处州松阳大地上的一曲真实的爱情之歌,张玉娘以其锦心绣口与动人的爱情故事而被评为处州十大历史名人之一。

宋　佚名　女孝经图(局部)

王将军墓

宋将军,名远宜。松阳人。宋兵与元兵战于望松岭,死之。遂葬于此。

岭上松如旗,扶疏铁石姿。[1]

下有烈士魂，上有青菟丝。

烈士节不改，青松色愈滋。

欲试烈士心，请看青松枝。

（《兰雪集校笺》卷上）

注　释

[1]扶疏：枝叶繁茂貌。

赏　析

　　张玉娘诗，风格多样，既有清丽凄婉、感人至深的爱情吟唱，又有大气磅礴、壮怀激烈的爱国高歌。《王将军墓》以青松喻抗元牺牲的松阳王远宜将军。"岭上松如旗，扶疏铁石姿"，青松如铁石，如战旗，是烈士的魂魄、烈士的化身。"烈士节不改，青松色愈滋"，挺拔青翠的苍松，正是烈士气节的外化。"欲试烈士心，请看青松枝"，要认识王将军，那就抬头看看郁郁葱葱的青松枝吧。全诗激昂慷慨，在大义面前，小女子的那种多愁善感，荡然无存。张玉娘此诗不亚于李清照《夏日绝句》："生当作人杰，死亦为鬼雄。至今思项羽，不肯过江东。"同为婉约词人，两人的品格何其相似。

王 镃

王镃,字介翁,号月洞,处州平昌(今浙江遂昌)人。南宋末年授金溪(今江西抚州)县尉。宋亡,遁迹为道士,隐居遂昌湖山,与同时宋遗民尹绿坡等人结社唱酬,名其所居"日月洞",人称"月洞先生"。有《月洞诗集》二卷存世。

山 中

荣枯皆定数,枉作送穷吟。[1]
有色非真画,无腔是古琴。[2]
青松秦世事,黄菊晋人心。[3]
尘外烟萝客,相寻入远林。[4]

(《月洞诗集》卷上)

注 释

[1]送穷吟:指吟诵把穷鬼送走的诗文。如韩愈有《送穷文》、姚合有《送穷诗》。　[2]无腔:指没有共鸣腔。一作"无弦"。　[3]"青松"句:指不愿像泰山松那样受秦封。史载,秦始皇封泰山,逢疾风暴雨,幸赖松树庇护。后封其松为"五大夫"。"黄菊"句:东晋陶渊

明退隐田园，酷爱菊花。　　[4]烟萝客：即烟萝子。相传为古代学仙得道者。亦泛指隐士。

赏　析

　　诗人乃亡宋遗民，此诗主要写其避世心态。首联，诗人认为王朝兴亡、个人穷达都有定数，无须徒然地去作送穷悲吟。颔联，在诗人看来，有便是无，无便是有，既然如此，何必在意得失。此二句，对仗自然，富有禅趣，耐人寻味。颈联，诗人表示不愿像泰山松那样受秦封，宁愿选择陶渊明那样与菊为伴的生活，体现了诗人安贫守贱，不愿臣事新朝的气节。尾联，诗人表示要与烟萝客一起，遁入山林，进一步表明了其避秦之心。诗人最后翩然入山林的背影，留给读者诸多回味。作为宋遗民，诗人既无力改变现实，又不愿为新朝效劳，所以只能选择避世。此诗语言闲淡而意境深远，风格清幽而沉郁，堪称佳作。

真山民

真山民，自称山民，真名不详，括苍（今浙江丽水）人。宋末进士。宋亡后不仕，遁迹山林，所至之处好题咏。有《真山民诗集》传世。

济川桥[1]

十二栏杆百尺阶，登临洗尽眼中埃。

沙痕常与水吞吐，桥影不妨船往来。

两岸楼台随世换，四山图画自天开。

槎边今古无穷思，都付东流酒一杯。

（光绪《处州府志》卷三〇）

注 释

[1]济川桥：在龙泉城南大溪上，去县治三百步，横跨南北。元、明屡遭火毁。

赏 析

诗写登临济川桥所见。首联写登济川桥。"十二栏杆百尺阶"，写桥之长之高;"登临洗尽眼中埃",因桥之高,故登临眺望,视野开阔,仿佛洗净尘埃,眼睛分外明亮。颔联"沙痕常与水吞吐,桥影不妨船往来",描写桥下恒常不变之景色。水波吞吐,船只往来,水波冲刷沙滩,诗人用"吞吐"描述,生动形象。"两岸楼台随世换,四山图画自天开",颈联描写两岸与四周景色,于不变中有变,让诗人感受到了世事沧桑。尾联,于无奈中以豁达出之:"槎边今古无穷思,都付东流酒一杯。"古往今来,王朝兴废,有如东流之水,能奈其何?百味交集,难以言说,都在酒中了。诗人于优美景色的描写中流露出淡淡的感伤情绪,是诗或许作于宋亡之后。

尹廷高

尹廷高（1254—?），字仲明，号六峰，处州平昌（今浙江遂昌）大柘人。宋末元初人。元大德年间，任处州路儒学教授。又尝掌教永嘉，秩满至京，谢病归。居岭东南溪（今遂昌三仁吴坞），凿玉井，建耕云寮，日以诗酒自娱。尹廷高才学出众，尤以诗著名。有《玉井樵唱》三卷传世。

叶法善天师故宅卯山[1]

云间玉笛夜飞霜，宫府清虚翠色凉。

淫乐早知能乱国，月宫不遣奏霓裳。

（《玉井樵唱》卷上）

注 释

[1] 叶法善：处州松阳人，唐代著名道士。颇得唐睿宗、唐玄宗等尊宠，授金紫光禄大夫，拜鸿胪卿，封越国公。去世后，唐玄宗亲撰《叶尊师碑》为奠。卯山：在松阳县西三十里，峰峦耸秀，怪石如松。为叶法善修真处。

赏 析

　　此诗虽题为《叶法善天师故宅卯山》,但对故宅只字未提,而是就叶法善引唐玄宗到月宫聆听仙乐着笔。据唐薛用弱《集异记》等描述,叶法善曾引唐玄宗到月宫游玩,"聆月中天乐,问其曲名。曰:'《紫云回》。'玄宗素晓音律,默记其声,归传其音,名之曰《霓裳羽衣》"。唐玄宗曾经很有作为,"开元盛世"就是由其缔造,但是后来宠信奸臣,迷恋女色,热衷训练梨园弟子,沉迷于享乐之中,最终导致安史之乱爆发,令人唏嘘。为此,诗人大发感慨道:"淫乐早知能乱国,月宫不遣奏霓裳。"唐玄宗误国,并非因为《霓裳羽衣曲》,而且《霓裳羽衣曲》本身也不能视之为"淫乐",诗人当然知道这些,他不过是借题发挥,抒发其兴亡之感而已。

题翠峰贯休旧隐[1]

乘风长啸翠峰头,唤醒当年老贯休。
境界高寒多得月,松筠潇洒密藏秋。
蜀尼曾礼空中刹,吴越难添句里州。[2]
劫外有家人不识,白云千古意悠悠。[3]

(《玉井樵唱》卷中)

注　释

[1]翠峰：即唐山，旧有翠峰院，故名。在遂昌县北十八里。贯休：晚唐五代高僧，浙江兰溪人，世称"禅月大师"，相传曾隐居翠峰。　[2]"蜀尼"句：光绪《遂昌县志·杂志》载，贯休在蜀，蜀有二女尼欲游天台，贯休谓可到遂昌唐山谒尊者。女尼至，众尊者皆现身。"吴越"句：《唐才子传》等载，贯休献吴越王钱镠诗中有"满堂花醉三千客，一剑霜寒十四州"之句，钱镠传话命其改为"四十州"乃可召见。贯休回曰："州亦难添，诗亦难改，余孤云野鹤，何天不可飞？"　[3]劫外有家：意谓贯休隐居地未遭劫难，得到了保留。

赏　析

　　遂昌县唐山，旧有翠峰院，故又名"翠峰"。光绪《处州府志》载，晚唐时，贯休结庵于此，居十四年，后入蜀。诗人于翠峰之上，缅想往事，欲唤醒贯休而一见。颔联写景，景中见人，令人想见当年贯休潇洒、高远之风神。颈联借传说故事，写贯休无所不知、无所不能。蜀尼遵贯休之言，远赴唐山，顶礼膜拜，果然空中出现宝刹，众尊者一一现身；吴越王欲让贯休改"一剑霜寒十四州"为"一剑霜寒四十州"，贯休预知吴越王据州之数，断然拒绝。尾联，"劫外有家人不识"，贯休实乃罗汉转世，身处劫数之外，惜乎时人不识庐山真面目，白白错过了许多机缘；"白云千古意悠悠"，回想往事，令人思绪绵绵。诗歌通过景物、传说故事等，将贯休形象刻画得颇为生动，令人景仰。

孟 淳

孟淳（1264—?），字君复，号能静，元德安府随州（今属湖北）人，寓居湖州。宋代名将孟珙之孙。父孟之缙。以父荫入仕。元贞间累官平江路总管，历太平、处州、徽州等路总管，以常州路总管致仕。

剑池湖

昔闻欧冶子，今识剑池湖。[1]

一掬泉多少，千年事有无。

神功应幻化，灵物岂泥涂。

琐碎洲中铁，相传旧出炉。[2]

（光绪《龙泉县志》卷一）

注 释

[1]欧冶子：春秋时人，铸剑祖师，据传曾在龙泉铸剑。剑池湖：在龙泉。相传为欧冶子铸剑淬火之地。　[2]洲中铁：留槎洲上的铁屑。留槎洲，岛名，在龙泉南灵溪（亦称大溪）中。

赏　析

  此诗因龙泉剑池湖而缅想铸剑祖师欧冶子的神功。诗写作者早就听说铸剑祖师欧冶子的大名，如今又见识了传为欧冶子铸剑之地的剑池湖。千年之前的事，到底是有是无，令人将信将疑，但或许可从遗留的痕迹中找到佐证。欧冶子不是凡人，他是用神功才铸造出传世名剑。既然如此，那么铸剑所遗留的也应是灵异之物，不会沦为污泥。那么到底幻化为什么了呢？"琐碎洲中铁，相传旧出炉"。父老相传，留槎洲里细碎的铁屑就是来自当年的铸剑炉。千年之前的遗留，至今尚存，极度神化。诗人正是通过对欧冶子神功的夸张描写，表达了对铸剑祖师的崇仰之情。如果再结合作者为一代名将孟珙之孙的身份，或许其中还别有意味。欧冶子当年到底有没有在龙泉铸剑，"千年事有无"，难下定论。但龙泉铸剑历史之悠久，乃是不争的事实，直至今天，仍是当地的重要产业。

许　谦

许谦（1270—1337），字益之，号白云山人，东阳人。七岁继嗣金华从叔许觥。从金履祥学，尽得其奥。教授乡里，不应辟举。卒谥"文懿"。元朝著名学者，"北山四先生"之一。居东阳八华山，学者争往从之。有《读四书丛说》《诗集传名物钞》《读书丛说》《许白云先生文集》等存世。

冯公岭

层峦叠嶂危相倚，乱若飘风涌秋水。[1]

寒松荒草间苍黄，照眼峥嵘三十里。[2]

初如井底观空虚，一峰巍然中独尊。[3]

萦回百折至绝顶，俯视众岭来儿孙。[4]

人言此山插霄汉，马不容鞭仆夫叹。

攀援何异蜀道难，气竭神疲背流汗。

熟视徐行路觉平，心宽意适步更轻。

志须预定自远到，世事岂得终无成？

我来正值穷冬月，倚杖岩前嚼松雪。

午店烟生野饭香，阳坡日近梅花发。

寄语悠悠行路人，乾坤设险君勿嗔。[5]

胸中芥蒂未尽去，须信坦道多荆榛。[6]

（《许白云先生文集》卷一）

注　释

[1]飘风：旋风，暴风。　[2]间苍黄：青色的松与黄色的草相间。照眼：光亮耀眼，晃眼。　[3]空虚：天空。　[4]"俯视"句：极言冯公岭之高。比之冯公岭，其他山岭如儿孙俯伏于下。　[5]乾坤设险：指自然界中的天险，非人力所为。设险，利用险要之地建立防御工事。　[6]芥蒂：指细小的梗塞物。比喻积在心中的怨恨、不快。

赏　析

此诗首十二句集中笔墨描写冯公岭。诗歌通过大肆铺叙，充分展现了冯公岭之险峻，"攀援何异蜀道难"。由此笔锋一转，用"熟视徐行路觉平"四句表明自己跋涉冯公岭的心态。为什么会"熟视徐行路觉平"呢？因为有明确的预定目标，"志须预定自远到"，由近及远，一步步前行，离目的地越来越近，所以感觉心情舒畅，步履轻松，"心宽意适步更轻"。诗人相信，只要朝着认准

明　蓝瑛　雪霁图（局部）

的目标前进，"世事岂得终无成"？继之"我来正值穷冬月"四句，具体描写自己行走冯公岭的经过。由于有不一样的心态，一路上，午店饭菜飘香，阳坡梅花烂漫，事事称心，完全不同于其他行人"气竭神疲背流汗"的狼狈相。末四句，推出诗歌的主旨：不要埋怨自然界中的天险，如果胸中存着芥蒂，心胸不够开阔，那么再平坦的路也是步步荆榛，"胸中芥蒂未尽去，须信坦道多荆榛"。作为理学家，思想深刻，见解独到，但诗人没有跟人讲大道理，而是通过自身行走冯公岭的体验，夹叙夹议，现身说法，发表自己的人生感悟，言近旨远，给人以启迪。

青田大鹤洞[1]

有叶法善试剑石,旧有玄鹤巢于上,复有青牛在于下。

榕影扶疏路九回,仙家那复着尘埃。
山间田在牛终隐,石上巢空鹤不来。
丹灶无灰惟白草,剑峰有迹自苍苔。[2]
洞中道士今何处,三扣云关杳莫开。[3]

(《许白云先生文集》卷一)

注 释

[1]大鹤洞:即太鹤洞。在青田山混元峰下。据光绪《处州府志》,青田山,又名太鹤山,道书以为三十六洞天,青牛道士得道处。 [2]剑峰有迹:混元峰下有试剑石,"高百余尺,分截为四,相距各三尺许"(成化《处州府志》),相传叶法善炼丹于混元峰下,丹成,以剑试石,劈为四块。其石今尚在。 [3]云关:云雾所笼罩的关隘。此指洞门。

赏 析

此诗为吟咏名胜。青田太鹤山在道书中属三十六洞天之一,传说唐代著名道士叶法善曾在此炼丹。诗人慕叶法善之名,前往探访。首联"榕影扶疏路九回,仙家那复着尘埃",写太鹤山山路盘绕，远离尘世，一路上榕树婆娑。颔联、颈联，写探访所见。芝田有在，青牛已隐；石上空巢，白鹤无踪。炼丹灶里不见有灰，惟有白草丛生；试剑石上剑峰依然，徒见苔藓自生。尾联"洞中道士今何处，三扣云关杳莫开"，写人去洞空，扣击洞门，已无人回应。诗歌历述太鹤山中遗迹，留给读者无限遐想。诗歌用语自然，无雕琢之迹。如颔联、颈联，对仗工稳，实际上经过了诗人的锤炼。

杨 载

杨载(1271—1323),字仲弘(一作仲宏)。生于处州龙泉琉田村(今属龙泉市小梅镇),后徙建宁浦城(今属福建),晚年迁杭州。少孤,博涉群书。年四十不仕,以布衣荐授翰林国史馆编修官,与修《武宗实录》。延祐二年(1315)进士,授饶州路浮梁州(今江西浮梁)同知。官终宁国路总管府推官。以诗文名,与虞集、范梈、揭傒斯并称"元诗四大家"。有《杜律心法》《杨仲弘集》等存世。

题青田叶叔至野清堂二首(其一)[1]

为堂殊显敞,在野兴尤浓。
白水流千折,青山绕百重。
树麻行旆旆,莳木倚童童。[2]
相对渔樵话,终朝亦罕逢。

(《杨仲弘集》卷三)

注 释

[1]叶叔至野清堂：不详。　[2]旆旆：茂盛貌。莳木：种植树木。童童：茂盛貌，重叠貌。

赏 析

诗写叶氏草堂环境。诗歌除首句"为堂殊显敞"指出其堂颇为宽敞外，其余皆写堂外景致。颔联写溪流曲折，青山环绕，诗人以"千折""百重"描述，以见风光无限。颈联以叠字"旆旆""童童"描述堂外麻密树繁，一派远离尘嚣景象。尾联"相对渔樵话，终朝亦罕逢"，写偶有人经过，相互交谈，多为打鱼砍柴一类话题，而且从早到晚罕有与人相遇，说明没有世俗应酬之烦事，完全与尘俗隔绝而与自然亲近。透过诗人对叶氏草堂所表现出来的喜爱，亦可看出其人生的价值取向。

清　弘仁　平山水阁图

揭傒斯

揭傒斯（1274—1344），字曼硕，号贞文，龙兴富州（今江西丰城）人。官至翰林侍讲学士。曾参与撰修辽、金、宋三史，任总裁官。揭傒斯文学造诣深厚，为文简洁严整，为诗清婉丽密。为"元诗四大家"之一，又与虞集、柳贯、黄溍并称"儒林四杰"。著有《揭文安公集》等。

题赠周此山[1]

君家括苍下，自爱括苍山。[2]

坐卧常相对，登临不待闲。

路随流水入，门带白云关。

彼此无劳计，高风已莫攀。[3]

（《此山先生诗集·附录》）

注 释

[1]周此山：元代处州松阳诗人周权，号此山。　[2]括苍山：泛指处州境内群山。　[3]"彼此"句：指山水与人都很超然、淡泊。无劳计，指没有世俗的费尽心机，苦思焦虑。

赏 析

此诗借处州山水以称颂松阳诗人周权。诗的前三联,写周权住在括苍山下,终日与山相对,时时登临;行路时溪水路边流过,关门时白云随手带入。作者处处展示处州山水与周权之密切关系,人已融入山水之中,分不出彼此了。所写括苍山、流水、白云等意象,无不给人以超然之感,实际上均用以比拟周权。尾联"彼此无劳计,高风已莫攀"作归结,处州的山水与诗人周权二者,都显得那么超然、淡泊,没有世俗的那种费尽心机,作者表示自己难以企及。此诗避开对周权的正面夸赞,通过处州山水与周权密不可分的关系以写人,非常巧妙。值得一提的是,揭傒斯跟处州大有缘分,他除了对周权大加肯定,在刘基青少年时期,就断言其为"魏徵之流",后果言中。

明　沈士充　秋峦飞瀑图

周 权

　　周权（1275—1343），字衡之，号此山，处州松阳人。博览群书，能文章，尤工于诗。曾拟任衢州开化县教谕，未果。赵孟頫、袁桷、欧阳玄等爱其才，欲荐为馆职，辞弗受，终身布衣。元代著名学者欧阳玄称其诗"无险劲之辞，而有深长之味；无轻靡之习，而有春容之风"。有《此山先生诗集》存世。

西 山 [1]

西山一何佳，税驾谢嚣尘。[2]

独往殊有趣，野鹿时亲人。

泠泠涧下水，练练山际云。[3]

幽憩任疏散，岸帻青枫林。[4]

（《此山先生诗集》卷二）

注 释

[1]西山：位于松阳县象溪镇靖居村村口，旧称"小西山"，元代建有"西山书馆"。　[2]一何：何其，多么。税驾：解驾，停车。谓休息或归宿。税，释放、解脱。　[3]泠泠：流水声。形容声音清越、悠

扬。练练：洁白貌。　　[4]岸帻（zé）：推起头巾，露出前额。形容态度洒脱，或衣着简率不拘。帻，古代的一种头巾。

赏　析

　　诗写松阳靖居村西山美景。靖居，古称"净居"，现为国家级传统村落。前两句以"西山一何佳"，对西山作总括。其后六句分而写之。野鹿亲人，涧水泠泠，白云飘飘，佳趣多多。末二句"幽憩任疏散，岸帻青枫林"，诗人自述独往西山，远离尘嚣，在青枫林里随性而游，有一种特别的无拘无束的自在。实际上，西山算不上什么名山大川，但因为诗人有一种找到归宿之感，所以感觉西山分外宜人。

明　张宏　西山爽气图（局部）

郑元祐

郑元祐（1292—1364），字明德，号尚左生，处州平昌（今浙江遂昌）人。至正十七年（1357），除平江儒学教授，一年后，以病辞。至正二十四年，擢江浙儒学提举，卒于官。元代著名学者、文学家、书法家。为文滂沛豪宕，诗亦清峻苍古。因侨居吴中（今属江苏）近四十年，故名其文集为《侨吴集》，另著有笔记《遂昌杂录》。

赠丽水治农少府（其一）[1]

一寸山坳一寸田，高低岩溜接山泉。[2]

论升起税斤称谷，此是山城大有年。

（《侨吴集》卷六）

注 释

[1]此题有二首，此其一。治农少府：其人不详。少府，系县尉之别称。　[2]岩溜：岩石上的水流。

赏 析

诗写处州百姓之不易。"一寸山坳一寸田,高低岩溜接山泉。"处州地处山区,素有"九山半水半分田"之称。农夫们利用山坳开辟稻田,零零星星。"一寸田",极言面积之小。田里的用水,就靠接引岩石上的山泉。"论升起税斤称谷,此是山城大有年。"此二句是说,如果能以升论税、以斤称谷,就已算年成很好了。十升才一斗,征税以升而论,可知收获之微薄。诗歌真实反映了古代处州百姓生活之艰难。然而也正是艰苦生活的磨练,养就了处州人民勤劳、俭朴的品质,以及不畏艰难的精神。

陈 镒

陈镒(约1305—?),字伯铢,处州丽水(今丽水市莲都区)人。从学于松阳诗人周权门下,后成为周权之婿。至正十七年(1357)除青田主簿,十八年迁松阳教授。后筑室午溪(即宣平溪),上榜曰"绿猗"。工诗,与刘基、胡深、高明、石抹宜孙等时贤多有唱和。有《午溪集》十卷存世。

次韵白莲 [1]

素质天然不假妆,盈盈步入水云乡。

前身曾结远公社,古制犹存屈子裳。[2]

月佩有声沉水玉,冰肌无汗惬龙堂。[3]

夜深偏称清闲客,来共西池一味凉。[4]

(《午溪集校注》卷六)

注 释

[1]白莲:此系咏处州白莲。其产地主要在处州丽水县(今丽水市莲都区)、宣平县(今属浙江武义)。 [2]远公社:晋慧远法师于庐山东林寺与宗炳、雷次宗等结白莲社,又名"远公社"。 [3]沉水玉:指

莲子如玉。龙堂：龙宫。《九歌·河伯》："鱼鳞屋兮龙堂。"此处或指荷池。　　[4]"来共"句：化用黄庭坚《鄂州南楼书事》"并作南楼一味凉"之句。

赏　析

　　此诗咏处州白莲。首联写处州白莲种植。诗人用拟人手法，不说种植，而说白莲盈盈自来，进入水云之乡。"素质天然不假妆"，诗人将白莲比作天然去雕饰的少女，甚妙。颔联写白莲历史上的典故。晋慧远法师在东林寺结白莲社，楚国诗人屈原曾"制芰荷以为衣，集芙蓉以为裳"（《离骚》），可见不仅历史悠久，而且文化底蕴深厚。颈联写莲子如月下环佩叮咚的美玉。尾联，写深夜里，人们来到荷池边，共享一味清凉。末句通过化用黄庭坚诗句，渲染了夏日荷风的清凉。如今，处州白莲作为莲都特产，已成为全国农产品地理标志产品，受到登记保护。

陈 高

陈高（1315—1367），字子上，号不系舟渔者，温州平阳人。至正十四年（1354）进士。授庆元路录事，不足三年，自免去，再授慈溪县尹，亦不就。自谓所作诗，皆于"困厄颠沛之余，触物兴感"。《四库全书总目提要》评其诗"文格颇雅洁"，"五言古体，源出陶潜，近体律诗，格从杜甫，面目稍别，而神思不远，亦元季之铮铮者矣"。有《不系舟渔集》行世。

过冯公岭

绝壁倚霄汉，千峰势如驰。

何年五丁士，凿石连天梯。[1]

萦纡不可上，仿佛登峨眉。[2]

白石啮我足，霜风吹我衣。[3]

前途正迢递，我已筋力疲。[4]

寒花道傍开，幽鸟林间啼。

彷徨俯自慰，少憩日已西。

浮生浪奔走，困蹜胡尔为。[5]

他年履坦道，慎勿忘崄巇。[6]

（《陈高集》卷三）

注　释

[1]五丁士：神话传说中的五个大力士。　[2]萦纡：萦回，盘曲环绕。　[3]硌我足：指路上的石头很硌脚。　[4]迢递：遥远貌。　[5]困踣：困顿潦倒。　[6]崄巇（xī）：形容山路危险。

赏　析

　　诗写过冯公岭之感受。首四句写冯公岭形势，诗人通过"倚霄汉""势如驰""连天梯"之描述，及五丁士所开凿之猜想，使冯公岭之高峻跃然纸上。"萦纡不可上"以下十句，详细描写攀登之艰难。最后四句为诗人感慨与感悟。"浮生浪奔走，困踣胡尔为。"浮生奔走如浪，身不由己，竟至于如此困顿潦倒。此二句因冯公岭行走艰难联想到自己人生之路艰难，行路与行世合二为一，已分不出彼此。"他年履坦道，慎勿忘崄巇。"末二句乃点睛之笔，令人警醒。也可以说，整首诗层层铺垫，目的就是为了推出此二句。诗人告诫人们，有朝一日步入坦途，苦尽甘来，千万不要忘记当初是怎么历尽艰辛闯荡过来的。

诗话
浙江

明清

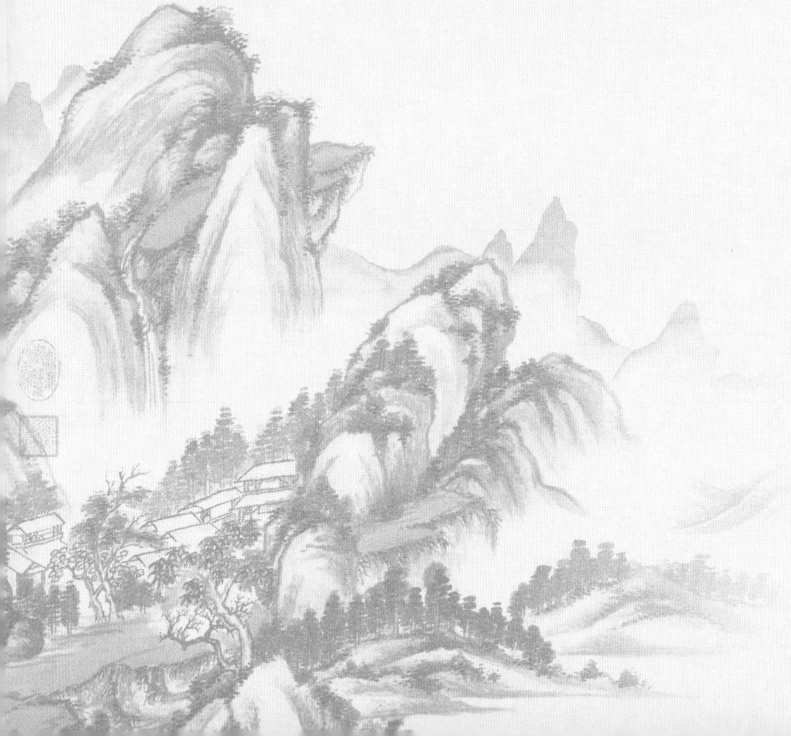

刘 基

刘基（1311—1375），字伯温，号犁眉公，处州青田县南田（今属浙江文成）人。元统元年（1333）进士，授高安县丞。辅佐朱元璋成就帝业，为明朝开国元勋之一，官至御史中丞兼太史令，封诚意伯。晚年被胡惟庸构陷，郁愤而终。刘基为元明间浙派文人领袖，"明初诗文三大家"之一。著有《诚意伯文集》。刘基是从处州走出去的历史名人，至正十六年至至正十八年（1356—1358），还曾协助元守将石抹宜孙驻守处州，故与处州关系密切，有大量诗文创作于处州。

题紫虚观用周伯温韵 [1]

少微山直太微宫，山下楼台起半空。[2]

丹井石床缠地络，琼窗翠户出天风。[3]

传闻仙子常时到，应是神霄有路通。

会待九秋明月夜，高吹铁笛上青葱。[4]

（《刘基集》卷二三）

注　释

[1]紫虚观：在处州少微山。唐天宝二年（743）建。元至元十四年（1277）毁于火，十五年重建。由元文学家虞集作记。周伯温：名伯琦，号玉雪坡真逸，江西鄱阳人。历官浙西肃政廉访使、江南行台监察御史、江浙行省左丞等职。　[2]直：指与天上星宿对应。太微宫：指太微垣。少微星在太微西面，被视为士大夫的象征。　[3]丹井：炼丹取水的井。石床：可供坐卧的天然巨石。地络：风水上说的地脉，即地形的走势。　[4]铁笛：元虞集《处州路少微山紫虚观记》记载有吕洞宾吹笛而过的传说。青葱：翠绿色。此指树木葱茏的山峰。

赏　析

元至正十六年至至正十八年，刘基被元廷重新起用，协助元守将石抹宜孙驻守处州，《题紫虚观用周伯温韵》即创作于该时期。首联写少微山上应太微垣少微星，居高临下，山下的楼台仿佛凌空而建。起句气势不凡。颔联写紫虚观的丹井、石床下连地脉，以表明紫虚观地处风水宝地，而窗外的风则是"天风"，是来自仙界，带着仙气。有前面的铺垫与渲染，颈联写仙子常到、神霄有路，让人感觉理所当然。在诗人的笔下，紫虚观似乎就是连接仙界与人间的洞府，所以尾联表示要在某个秋天的月夜，吹着铁笛登上少微山寻仙而去也就极为自然了。少微山乃道教名山、紫虚观乃道教名观，诗人紧扣这一点，把二者写得仙气弥漫，令人不免生出尘外之想。

题紫虚道士晚翠楼

晚翠楼子好溪南,溪山四围开蔚蓝。

微阴草色尽平地,落日木杪生浮岚。[1]

岩畔竹柏密先暝,池中菱荷香欲酣。[2]

闻说仙人徐泰定,骑鸾到此每停骖。[3]

(《刘基集》卷二三)

注　释

[1]木杪:树梢。浮岚:飘动的山林雾气。　[2]先暝:指因为竹柏茂密,比别的地方天黑得早。暝,昏暗。菱荷:菱叶与荷叶。此指荷花。　[3]徐泰定:宋时人。元虞集《处州路少微山紫虚观记》载,徐泰定,名虚寂。有道人吹笛过之,授以双笔,遂善画山水。后十年,吹笛者复来,为诗招之去。相传吹笛者为吕洞宾。鸾:传说中凤凰一类的鸟。停骖:停车。骖,本指独辕车所驾的三匹马。此指车驾。

赏　析

此诗系描写紫虚观道士晚翠楼景色。首联写晚翠楼位置及总体环境。位置在好溪南岸,总体环境乃溪山辉映,一片蔚蓝。颔联、颈联写具体景色,而又抓住"晚翠楼"之"晚"字,着眼于描写傍晚之景。在落日余晖下,草色青青、晚岚缥缈、竹柏森森、荷花飘香,美不胜收,令人欲往。尾联借仙人徐泰定经过也忍不住落下凤凰，停驾逗留，以说明晚翠楼景色所达到的美丽程度。神仙尚且被吸引，读者自可想象晚翠楼究竟有多迷人。诗歌先总写，次分述，再作归结升华，章法井然。此外，诗歌对仗工稳，语言清新，堪为写景佳篇。

清　王时敏　溪村晚霁图

许　恕

许恕（约1323—1374），字如心，号北郭生，江阴（今属江苏）人。出身医学世家。至正中，荐授江阴澄江书院山长，旋弃去。会天下多故，乃遁迹自匿，与山僧野子为侣，罕有识者。以能诗闻，多感时伤乱之作，思深旨远。有《北郭集》十卷传世。

青田鹤[1]

青田有白鹤，羽翼何蹁跹。[2]

谬承卫公宠，志岂在乘轩。[3]

一鸣能惊人，一飞亦翀天。[4]

独立傍秋水，顾影私自怜。

（《北郭集》卷一）

注　释

[1]青田鹤：吴曾《能改斋漫录》引《永嘉郡记》曰："有沐溪野，去青田九里，此中有双白鹤，年年生子，长大便去，只余父母一双耳，清白可爱，多云神仙所养。"　[2]蹁跹：飘逸飞舞貌。　[3]谬承：此指承受不必要的尊宠。卫公：卫懿公，春秋时卫国国君。《左传》载卫

懿公好鹤,鹤的待遇比将士还高,甚至有车子可乘,最后卫懿公因好鹤而失国。志岂在乘轩:指鹤的志向不在于有车可乘。　　[4]翀天:冲天。翀,向天上直飞。

赏　析

　　许恕《青田鹤》咏鹤之高远志向。开头两句先写青田鹤羽毛之洁白,飞舞之曼妙,非凡鸟可比。二、三句再写其谬承卫懿公宠爱,但其志向岂在享受有车可乘的待遇。四、五句化用典故,指出青田鹤的志向乃是"一鸣能惊人,一飞亦翀天"。末两句"独立傍秋水,顾影私自怜",写青田鹤有志不获骋,在水中顾影自怜,寄寓了诗人怀才不遇的感慨。自《永嘉郡记》记载青田有双白鹤以来,凡言鹤者往往冠以青田之名。如杜甫《薛少保画鹤》:"薛公十一鹤,皆写青田真。"苏轼《僧惠勤初罢僧职》:"轩轩青田鹤,郁郁在樊笼。"刘基《二鬼》:"身骑青田鹤,去采青田芝。"凭借白鹤的美名,青田声名远播。

潘 琴

潘琴（1424—1514），字舜弦，号竹轩，处州景宁鹤溪人。明正统十二年（1447）乡荐入太学，天顺元年（1457）进士，授南京吏部稽勋司主事，历兵部武库职方员外郎、福建兴化知府等职。所著《竹轩集》《山居录咏》等已佚。

巫风行 [1]

市药不验医无功，里人惑鬼崇巫风。
役卒凭虚逞狂力，自言与鬼阴为敌。
俚言妖语不足闻，鼓角升屋号天阍。[2]
天兵易借鬼易缚，人闻此语谁不乐。
一巫之费胜十医，纵然破产终不疑。
以愚笼愚不知忌，群呼醉逐如儿戏。[3]
一场未足复一场，降鬼再缚仍再降。
偶然不死离枕席，便夸神有回天力。
一际颠危不可回，却称数尽神难为。[4]

愚氓信今不信古,日趋诬诞谁能悟。

吾族素称儒素家,巫风不染恒自夸。[5]

只今滔滔混泾渭,怀古令人起心愧。[6]

(同治《景宁县志》卷一三)

注 释

[1] 巫风:崇巫之风。行:歌行。在汉魏乐府诗基础上发展起来的一种诗体。 [2]"俚言妖语"句:指役卒的妖言惑众之语实在让明智的人听不下去。鼓角升屋:指击鼓吹号登上屋顶。号天阍:指对天号叫,请天兵天将下凡。天阍,天宫之门。 [3] 以愚笼愚:指施骗者以愚蠢的伎俩愚弄愚昧无知的被骗者。 [4]"一际"句:指一旦病危无可挽回。数尽:迷信所谓的劫数难逃。 [5] 儒素家:读书人家。 [6] 混泾渭:清浊相混。指是非不分。泾渭,泾水、渭水,二者一清一浊。

赏 析

此诗揭露巫风之害人。首二句先总写乡里人不信医、不信药而迷信巫鬼的风俗。之后十八句详细描述役卒如何勾结巫师行骗以及造成的严重危害。役卒凭空口出狂言,自称与鬼为敌,然后煞有介事地与巫师登屋呼请天兵天将,让他们下凡捆绑鬼魅。而受骗者则"一巫之费胜十医,纵然破产终不疑"。偶然痊愈,那都是天神有回天之力;一朝病危,则都是自己在劫难逃。一次又一次地上当受骗。最后四句感慨连读书人家也受巫风沾染，令人惭愧。诗人用通俗易懂、普通百姓能看得懂的语言对巫风大加鞭挞，可谓用心良苦。按习惯思维，巫风盛行乃是巫师作怪，此诗提到役卒从中兴风作浪，扮演重要角色，令人意想不到。可见巫风之盛，有复杂的社会原因。历代《处州府志》也均不讳言巫风问题。既然有此陋习，也不必讳莫如深，反倒应引起重视。

潘　援

潘援，字匡善，号东崖，处州景宁县人。弘治八年（1495）举人。历官福建长乐教谕、泉州教授、国子监丞等。同治《景宁县志》谓其"诗文逼两汉"。所著《东崖集》等已佚。

石印呈奇[1]

何年天星坠林口，化为石印形如斗。

藓纹苔篆由天钟，雾锁云封仗神守。[2]

乾坤清气储休祥，兆叶令尹多贤良。[3]

只今民牧有召杜，喜看此石生辉光。[4]

（同治《景宁县志》卷一三）

注　释

[1]石印：石头名。景宁县治后有山名曰石印山，上有天然石块方正如印章，故名。"石印呈奇"为景宁八景之一。　[2]藓纹苔篆：指石块上长着的苔藓犹如篆书。天钟：上天钟秀，上天赋予。　[3]储休祥：储藏吉祥。休，吉庆；美好。兆叶（xié）：与预兆相合。叶，相合，相符。令尹：县令。　[4]民牧：地方行政长官。召杜：西汉召信臣

和东汉杜诗之合称。他们都曾为南阳太守,皆有善政,故南阳人语曰:"前有召父,后有杜母。"后因以"召父杜母"称赞地方官政绩显赫。

雍正《景宁县志》 石印呈奇

赏析

诗写景宁八景之一的"石印呈奇"。石印山在景宁县治后,因上有天然石块方正如印章而名。传说曾有术士占其地,预言"当出贵显",后来此地果然成为县治。术士之言牵强附会,不足为凭,但古代确实有很多景宁百姓把石印视为护佑景宁安康的神石。《石印呈奇》就是把石印当作神石加以描写。在诗人笔下,石印乃天星坠落所化,有神灵守护。因上天所赐,石印上的苔藓长出了篆书的纹路。石印吸储天地清明之气,呈现祥瑞之兆,使得景宁的县令多为良吏。"只今民牧有召杜,喜看此石生辉光。"如今的县令不乏"召杜"式的"父母官",所喜石印依然熠熠生辉。此诗借吟咏神奇的石印,表达了诗人祝福景宁一直保持官清民安的心愿。石印山上的石印至今仍在,不乏慕名而来的游客。

谢　铎

谢铎（1435—1510），字鸣治，号方石，台州府太平县（今浙江温岭）人。天顺八年（1464）进士。官至礼部右侍郎，掌国子监祭酒事。卒赠礼部尚书，谥"文肃"。明代茶陵诗派重要代表。有《桃溪净稿》等存世。谢铎北上、南归，亦可取道处州，如弘治十三年（1500）第三次出仕，途中因身体不适返回，即从水路经今金华、丽水、温州回归太平，故其一生当多次到过处州。

却金馆[1]

一毫非义也须辞，亭馆标名亦太奇。

看取汉家清白吏，却金元只与天知。[2]

（《谢铎集》卷四二）

注　释

[1]却金馆：位于今丽水市莲都区东北约二十千米的桃花岭上。因明代温州知府何文渊在此却金而名。　　[2]汉家清白吏：指东汉清白自守的官员杨震。《后汉书·杨震传》载，杨震赴任东莱太守，路经昌邑，县令王密深夜拜访，以金十斤相赠，并说"暮夜无知者"。杨震严词拒

绝道："天知、神知、我知、子知，何谓无知？"王密羞愧而退。世人因称杨震为"四知先生"。元：本来，原来。

赏　析

　　桃花岭上有很多故事，何文渊却金就是其中之一。明宣德间，何文渊任温州知府，为官清廉，任满回京，囊无一物，悄悄上路。温州百姓知悉后，派代表怀带礼金追赶至桃花岭刘山村刘山驿站，并表达了心意。没想到第二天一早，何文渊留下礼金独自走了。后来人们就用这笔礼金修建了馆舍，取名"却金馆"，以彰显何文渊的廉洁，村名亦改为"却金馆村"。谢铎的诗就是针对此事有感而发。亭馆以"却金"为名，目的是彰显何文渊廉洁之名。"看取汉家清白吏，却金元只与天知"，但就何文渊而言，他谢绝礼金，正如东汉杨震一样，除了上天知道外，并不想让任何人知道。也即是说，何文渊却金是出自内心"一毫非义也须辞"的自觉自律行为，并非是为了留下好名声才这样做，这才是何文渊真正难能可贵之处，也是真正值得人们效法之处。诗人所论可谓抓住本质。如今却金馆已成为廉政教育基地，过往的人多会自我反省。

樊献科

樊献科（1517—1578），字文叔，号斗山，处州缙云人。嘉靖二十六年（1547）进士。初授行人，后升监察御史。嘉靖三十五年，巡按福建，参与抗倭。后出任山东布政副使、广西左参政等职，所至多惠政。晚年居住仙都草堂，诗酒自娱。有《旅游吟稿》四卷，多为宦游之篇什；《山居吟稿》二卷，多写归老故土之诗酒自适生活。

至仙都草堂[1]

曲径松阴十里回，草堂半倚碧山隈。[2]

溪边野竹春争发，石畔幽花晚更开。

临壑夜悬峰顶月，披云时泛洞中杯。

断桥流水非人境，疑是桃源归去来。

（光绪《缙云县志》卷三）

注　释

[1]仙都草堂：在仙都原独峰书院遗址上修建。　[2]松阴：仙都附近原有松林。回：曲折，迂回。碧山隈：指仙都朱山。因朱熹曾游赏而名。

赏　析

　　南宋淳熙九年（1182），朱熹任提举两浙东路常平茶盐公事时曾途经缙云，在仙都讲学，后来人们在其讲学之地兴建了独峰书院。至明代，独峰书院废弃，樊献科就在遗址上兴建了仙都草堂。《至仙都草堂》具体描写了草堂周边景色及诗人悠然自适的生活。"曲径松阴十里回"，曲径通幽，十里松涛，曾是仙都美景之一。"草堂半倚碧山隈"，草堂就坐落在朱山脚下，面对鼎湖峰。草堂前临练金溪，后靠山崖，野竹、幽花，美不胜收。诗人常与友人在草堂里饮酒纵谈。诗人自认为其草堂不是"人境"，而是"桃源"。因为樊献科的声誉，明代许多名流都曾到访过仙都草堂，提高了仙都的影响力。樊献科的父亲樊守曾当过教谕，酷爱仙都的一山一水、一草一木，仙都草堂就是为了满足其心愿而建。樊守嗜酒，酒醉的时候经常会醉醺醺地指着路边的石头说，"这块石头我买了，那块石头我买了"，成为明代仙都的一大趣话。

王世贞

王世贞(1526—1590),字元美,号凤洲,又号弇州山人,太仓(今属江苏)人。嘉靖二十六年(1547)进士,官至南京刑部尚书。王世贞与李攀龙、徐中行等人合称"后七子",李攀龙故后,王世贞独领文坛二十年。主要著作汇刊为《弇州山人四部稿》。

寄处州喻太守邦相兄[1]

括苍太守乐有余,两衙无事但读书。[2]

开笼自调青田鹤,罢酒不啖好溪鱼。[3]

昼长鸟雀衔吏幘,秋净烟霞生客裾。[4]

却问钱塘旧官长,玉台手板竟何如。[5]

(《弇州续稿》卷一五)

注 释

[1]喻太守邦相:喻均(1539—1605),字邦相,江西南昌新建区人。隆庆二年(1568)进士。万历十一年(1583)任杭州府同知。万历十三年任处州府知府。万历十五年,调松江知府。　[2]括苍太守:即处州知府。两衙:早衙、晚衙。古代官府早晚两次坐衙治事。　[3]青田鹤:

《永嘉郡记》记载青田有白鹤。罢酒：戒酒。好溪鱼：据说好溪里有一种玳瑁鱼，味道鲜美。　　[4]吏帻：指官吏的帽子。帻，头巾。客裾：客人的衣襟。　　[5]钱塘旧官长：指喻均。喻曾任杭州府同知，故称。玉台手板：此句似乎是问喻均何时持笏进京任职。玉台，指宫廷。手板，笏，上朝所用。

赏 析

　　此系与友人调侃打趣之诗，全诗围绕"括苍太守乐有余"展开。括苍太守究竟何乐之有？无非一个"闲"字。公廨里早晚无事，就读读书。闲时以调养青田鹤为乐，酒不喝鱼不吃，自然宴席应酬之事也少了。以上是正面写喻太守之闲。颈联二句从他人角度写闲。整日无事可忙的衙吏引得鸟雀来叨他们的官帽；淡淡的烟霞透进了访客的衣襟。"烟霞"缥缈，有一种悠闲的意味。"却问钱塘旧官长，玉台手板竟何如"，尾联说喻太守在处州那么清闲，乐不思蜀，询问他是不是也该考虑一下什么时候进京任职。此诗因为是与友人调侃，所以显得诙谐幽默。至于诗人所描述的喻太守之闲，仅仅是诗人对处州喻太守的印象，真实情况未必如此。

顾大典

顾大典（1540—1596），字道行，号衡寓，吴江（今江苏苏州）人。隆庆二年（1568）进士，历任会稽教谕、处州推官、福建提学副使。明代诗人、戏曲家、书画家。有《清音阁集》《青衫记传奇》等存世。

刘山却金馆[1]

华馆抗崇林，清风振古今。[2]
高人敦素节，精志薄黄金。[3]
岭锁秋风冷，亭虚夜月侵。
宦游当此地，俯仰一何深。[4]

（光绪《处州府志》卷三〇）

注　释

[1]刘山却金馆：明代温州知府何文渊在此却金。　[2]华馆：指却金馆。抗崇林：耸立于崇林中。　[3]高人：指何文渊。　[4]俯仰：低头仰头之间，指一瞬间。

赏　析

明温州知府何文渊两袖清风，离任时在桃花岭驿馆谢绝了温州百姓所赠送的礼金，却金馆就是因此而名。此诗前四句写何文渊注重操守，薄视黄金，不义之财一毫不取，其清廉的节操一直影响到今天。后四句写自己到处州赴任，歇宿却金馆，感触很深。由此诗可见，却金馆正当桃花岭交通要道，南来北往的官员都要从此经过，经过的人都难免会引起触动，故其教育意义显而易见。

明　赵左　深居图（局部）

屠　隆

　　屠隆（1543—1605），字长卿，又字纬真，号赤水，浙江鄞县（今浙江宁波）人。万历五年（1577）进士，授安徽颍上知县，后调任青浦（今属上海）知县。万历十一年，擢升礼部仪制司主事，次年因事被免。乃寄情山水，四处游历。晚年家贫，以卖文为生。明代著名戏曲家，所撰传奇有《昙花记》《彩毫记》《修文记》三种，另有著述多种。万历二十三年，屠隆作遂昌之游，受到好友、遂昌知县汤显祖的热情接待。在遂昌期间，作有《启明楼》《登白马山》《瑞山》《飞鹤山》《妙高山》等诗多首。屠隆本拟恣情游浙东，忽念太夫人，乃匆匆而归。汤显祖有诗挽留。

青城山 [1]

向平此日快游踪，千里名山一瘦筇。[2]
天削孤崖撑白日，雨飘寒瀑溅青松。
风云长护神灵窟，环佩疑归玉女峰。
定有真人掌仙籍，璚芝石髓几时逢？[3]

（《屠隆集·作品辑补》）

注 释

[1]青城山：在遂昌县西八十里，石壁万仞，飞瀑如练。上有龙井、相公岩、玉女峰、芙蓉峰等胜迹。 [2]向平：作者自指。东汉高士向长字子平，隐居不仕，子女婚嫁既毕，遂漫游五岳名山，后不知所终。瘦筇：指手杖。筇竹，节高干细，可作手杖，故称"瘦筇"。 [3]璚芝：琼芝。璚，同"琼"。石髓：即石钟乳。

赏 析

此诗写游览遂昌青城山。首联自比好游名山大川的东汉名士向子平，直言青城山之游痛快至极，"千里名山一瘦筇"即为其注脚。不远千里，扶杖来游，可见对青城山之仰慕，一朝遂愿，自然感到十分畅快。千里，非指遂昌县城至青城山距离，而是指从鄞县到青城山距离，当然，仍有夸张。首联先声夺人，使读者对接下来的描写充满期待。颔联，诗人对山中陡崖与瀑布作了特写。古崖似天削，可见其壁立陡峭，而能撑起白日，其高耸云天不言而喻；寒瀑飘雨，可见其威势，水花直溅青松，可见山中松林茂密，而一"溅"字，水声仿若可闻。颔联动静结合，有声有色，描绘如画。有景如此，青城山自然不是凡山，亦且山上本就有玉女峰等，故颈联诗人即从不凡着笔，想象青城山乃风云守护的神灵窟，玉女环佩叮咚，正归往峰顶洞府。尾联诗人进一步遐想，青城山既为神灵窟，山中必定有仙人掌管仙籍，登录服食琼芝、石髓而成仙的人，不知道何时有缘能跟这些仙人相逢。以此想入非非收笔,留下余味。

宋 马远 携琴观瀑图

汤显祖

汤显祖（1550—1616），字义仍，号海若、若士，别署清远道人，江西临川（今江西抚州）人。万历十一年（1583）进士，先后任南京太常寺博士、詹事府主簿和礼部主事。万历十九年因上《论辅臣科臣疏》抨击时政，贬为广东徐闻典史。万历二十一年任处州遂昌知县，二十六年弃官归里。汤显祖是明代著名戏曲家、文学家。传奇作品有以《牡丹亭》为代表的"临川四梦"，诗文集有《玉茗堂集》《红泉逸草》《问棘邮草》等。汤显祖任遂昌知县五年，政绩卓著，至今传颂。

班春二首（其二）[1]

家家官里给春鞭，要尔鞭牛学种田。
盛与花枝各留赏，迎头喜胜在新年。[2]

（《汤显祖诗文集》卷一三）

注 释

[1]班春：颁布动员春耕的政令。班，颁布。　[2]盛与：多多地给予。

赏　析

　　中国古代在春耕来临之际，县官要举行颁布春令仪式，劝农耕作，谓之"班春劝农"。根据汤显祖《班春》诗，举行仪式当天，家家户户都可到县里领取春鞭，其目的是"要尔鞭牛学种田"。除了春鞭，还赠送花枝，"盛与花枝各留赏，迎头喜胜在新年"。花枝留给百姓品赏，其用意是祝福春天降临，图个吉祥。汤显祖关注农桑，所以对此活动一向很重视。这一仪式发展到今天，已成为遂昌百姓的重要民俗活动。

除夕遣囚

除夜星灰气烛天，酴酥销恨狱神前。[1]

须归拜朔迟三日，溘见阳春又一年。[2]

（《汤显祖诗文集》卷一三）

注　释

[1]"除夜"句：指除夕之夜灯火烛天，显得星月灰暗。酴酥：亦作"酴苏""屠酥"。酒名。狱神：管理监狱的神，供奉在监狱里。　[2]拜朔：农历每月初一称"朔"，古人有拜朔之礼。此指迎接大年初一。溘：忽然。

赏　析

　　诗写除夕夜遣囚回家过年团聚。"除夜星灰气烛天",除夕之夜,家家户户张灯结彩,灯烛之光照亮天空。"酴酥销恨狱神前",喝一点酴酥酒,敬一敬狱神,消一消怨恨之气。此系出狱前给囚犯的特意安排,可谓一片心意。"须归拜朔迟三日",此写跟囚犯约定了三天期限,让他们回家好好过年。当然,三天之后得自觉返回牢狱服刑。"滥见阳春又一年",过了除夕,春归大地,新的一年又来临了。此句亦可理解为囚犯们的服刑期又少了一年,新的一年来临,希望他们安心服刑,好好改过自新。诗人除了除夕遣囚回家,还于元宵夜让囚犯桥上观灯,有《平昌河桥纵囚观灯》记之。诗人秉持"至情"观念,处处"情"字当头,即使对囚犯也没有歧视,而是尽可能地给予他们一些关怀,正是这些充满人情味的举措,让他赢得了遂昌人民的爱戴。

陈子龙

陈子龙（1608—1647），字卧子，号大樽，华亭（今上海市松江区）人。崇祯十年（1637）进士。青年时期与夏允彝等组织"几社"，与"复社"相呼应，欲复兴古学。南明弘光朝时任兵科给事中。明亡后，从事抗清活动，事败后被捕，投水殉国。其诗感时伤事，悲壮苍凉，被誉为"明诗殿军"。亦工词。有《陈忠裕公全集》三十卷存世。崇祯年间，陈子龙在浙江诸暨、余杭、绍兴等多地任职。崇祯十五年夏五月，奉命率兵赴处州遂昌平乱，途经处州时留下了若干诗作。

缙 云

烟火传深谷，何年聚邑成？

悬崖开小市，垒石置疑城。

草木云中见，溪山雨后明。

仙都青霭断，回首欲忘情。[1]

（《陈忠裕公全集》卷一四）

注　释

[1]青霭断：指被云气阻挡，看不真切。

赏　析

　　诗写对缙云县治五云的观察。"烟火传深谷，何年聚邑成？"古代邑城五云四周多山，做饭的时候只见炊烟从山谷中升起。这让诗人不免产生好奇，这样一个特别的邑城，到底何年聚民成邑？颔联、颈联，诗人就以其好奇之心饶有兴味地对五云作进一步的审视。"悬崖开小市，垒石置疑城"，市集就开在悬崖之上，整个邑城都是用条石垒成。诗人的观察可谓细致，而且的确写出了五云的特色。古时候，五云的集市就设在峭壁之上的城隍山城隍庙。建筑用材，基本都是采自岩岩。"草木云中见，溪山雨后明"，住在山谷中，抬头所见，感觉草木都长在云中，而城边有好溪流过。"仙都青霭断"，著名的道教名山仙都离邑城五云不远，可惜被云气阻挡，看不真切。"回首欲忘情"，实为回首难忘情。五云留给诗人特别的印象，让他难以忘怀。诗人善于发现与众不同的事物，并付诸笔墨，从而把平平无奇的邑城五云写得特色鲜明，令人印象深刻。"明诗殿军"，可谓实至名归。

丽水九龙村[1]

人烟回树杪，村落带江流。

数亩樟楠阴，千家麻麦收。[2]

火耕开瘠土，水碓系虚舟。

疑有柴桑隐，还同谷口游。[3]

（《陈忠裕公全集》卷一四）

注 释

[1]九龙村：今丽水市莲都区碧湖镇下辖村。位于碧湖镇东北侧，濒临瓯江上游之大溪。 [2]樟楠：樟树与楠木。柟，同"楠"，楠木。九龙村周边多千年古樟，但楠木不多见。阴：同"荫"。 [3]柴桑隐：指类似陶渊明那样的隐居者。陶渊明系浔阳郡柴桑（今江西九江）人。谷口游：指与隐士为伴，过田园生活。谷口，古县名，在今陕西礼泉东北。《汉书》有"谷口郑子真不屈其志，耕于岩石之下"的记载。班固将他与商山四皓并列，称之为"近古之逸民"。故后世多以"谷口"指代隐居之地、田园生活。

赏 析

此诗写丽水碧湖九龙村的田园生活。首联"人烟回树杪，村落带江流"，写村居环境：村落四周树木葱茏，村边一水东流。颔联"数亩樟楠阴，千家麻麦收"，写夏收：家家户户把收获的麻、麦放置在笼盖数亩之地的大樟树下。颈联"火耕开瘠土，水碓系虚舟"，写土地虽贫瘠，但生活却悠闲。尾联"疑有柴桑隐，还同谷口游"二句，表达了诗人对九龙村祥和生活的羡慕：如此的世外桃源，说不定有陶渊明那样的高士隐居，真想跟他们为伴，远离尘嚣。诗人撷取富有九龙村特色的意象展开描写，故尔明显有别于其他泛泛而写的田园诗。所选意象充满诗情画意，如静立溪边的水碓，无人摆渡的小船，凸显了乡村之恬静及村民之与世无争。

清　王翚　竹屿垂钓图（局部）

蒋 薰

蒋薰（1610—1693），字闻大，号丹崖，原籍浙江海宁，后徙居嘉兴梅里。崇祯九年（1636）举人。顺治十二年（1655）任处州缙云县儒学教谕。康熙二年（1663）升任伏羌县知县。因私自减免民赋，罢职清赔私免钱粮。与朱彝尊等交好。有《留素堂集》存世。

突星濑 [1]

右军题后突星闻，凤阙天门翳水云。[2]

沉石未销龙虎迹，墨光夜射斗牛分。[3]

（道光《丽水志稿》卷四）

注 释

[1] 此系《恶溪行五首》中的一首。突星濑：在缙云至丽水的好溪中。《太平寰宇记》引袁漱《道记》曰："从石壁取江三十里中有突星濑。《永嘉记》云：昔王右军游恶溪道，叹其奇绝，遂书'突星濑'于石。今犹有墨迹焉。" [2] 右军：东晋书法家王羲之。因曾任右军将军，故称。凤阙天门：形容王羲之书法。梁武帝萧衍称王羲之书法乃"势如龙跃天门，虎卧凤阁"。翳水云：为云水所淹没。明何镗

《栝苍汇纪》谓"突星濑"题刻因"里人苦州县摹打之繁,推石堕水中"。　　[3]龙虎迹:形容"突星濑"三字笔迹如龙似虎。斗牛分:斗牛宫。二十八宿星宿中南斗星宫和牵牛星宫之合称。《晋书·张华传》载,斗牛之间常有紫气,乃邀雷焕仰观,焕曰:"宝剑之精,上彻于天耳。"

赏　析

　　突星濑,在缙云至丽水的好溪中。王羲之经恶溪(唐段成式后称好溪),叹其奇绝,书"突星濑"于石。据《太平寰宇记》,北宋时其字犹存。到了明代,因为乡里人不耐烦隔三差五总有人前来摹拓,遂将其推入水中。蒋薰此诗写的是王羲之题刻虽已沉入水底,但字迹未销,在深夜里,其光芒直射斗牛。诗人运用浪漫主义想象,赋予了王羲之书法以神奇的魔力,凸显了书圣之所以为书圣的风采。诗人这种无中生有的想象,实际上也表达了对王羲之题刻被毁的惋惜之情,如今人们只能从古籍里去猜想"突星濑"三字的风神了。

朱彝尊

朱彝尊（1629—1709），字锡鬯，号竹垞，晚别号小长芦钓鱼师、金风亭长，浙江秀水（今浙江嘉兴）人。康熙十八年（1679）举博学鸿词，授检讨，纂修《明史》。后充日讲起居注官，出典江南乡试，入直南书房，罢归后闲居著述。朱彝尊为诗与王士禛合称"南朱北王"；作词与陈维崧合称"朱陈"，开浙西词派。著有《曝书亭集》《经义考》《日下旧闻》《明诗综》《词综》等。康熙元年，魏耕等与郑成功暗通被告发，史称"通海案"，朱彝尊受牵连，远避温州永嘉，途中经缙云、丽水、青田，写下了若干诗作。

繇丹枫驿晓行大雪度青云岭桃花隘诸山暮投丽水舟中三首（其一）[1]

晓发丹枫驿，微茫出远郊。

月斜吹积雪，风急烧黄茅。

断岭羊肠折，寒沙虎迹交。

军麾犹未靖，何处得安巢。

（《曝书亭集》卷五）

注　释

[1]诗题意谓一早从缙云丹枫驿出发,冒雪经青云岭、桃花隘诸山,晚上抵达丽水,登上小船。此段从缙云至丽水的山岭,总称"冯公岭",又名"桃花岭"。此题共三首,此其一。繇:同"由"。丹枫驿:冯公岭缙云段的出入口。

赏　析

　　康熙元年,朱彝尊友人、反清义士魏耕与郑成功暗通被告发,一时风声鹤唳,为防不测,朱彝尊前往温州永嘉避祸,此诗即写于避祸途中。首联写一早从缙云丹枫驿出发,在朦胧的晨光中出了城郊。颔联写荒野景象。"月斜吹积雪"为实写,"风急烧黄茅"则兼有想象。风势劲急,路上枯黄的茅草很容易着火,但并未真的燃烧。颈联,诗人跋涉桃花岭。"断岭羊肠折",桃花岭如九曲羊肠,时断时续。"寒沙虎迹交",沙地上时见老虎足迹。可见桃花岭不仅崎岖曲折,而且行人还有性命之忧。"军麾犹未靖,何处得安巢。"诗人感慨天下还不太平,到哪去寻找可安居的家呢？此时的诗人仍坚持反清立场,可是大明已亡,而大清难容,"何处得安巢",可谓沉痛至极。

刘廷玑

刘廷玑（约 1653—1716），字玉衡，号在园，又号葛庄，辽东（今辽宁辽阳）人。康熙二十七年（1688）任处州知府，在任八年。上任伊始，处州满目疮痍，刘廷玑竭其所能，招集流民返乡归耕，修缮府城，修复通济堰，重建府学，建莲城书院、圭山书院，重建却金馆等。经过八年的努力，处州元气得到很大恢复，重现生机，时人赞其"善政已无遗美处"。官至江西按察使，因故降淮扬道。著有《葛庄诗钞》《在园杂志》等。

处州杂言八韵（其一）[1]

城里荒山城外溪，可怜今剩几残黎。[2]
十三年遇兵戈后，八丈波同石柱齐。[3]
官舍夜深曾过虎，人家日午不闻鸡。
招徕半是闽中客，代种三春雨一犁。

（光绪《处州府志》卷三〇）

注　释

[1] 处州杂言八韵：此题八首诗，从多角度反映了清康熙年间处州的

真实状况,堪为诗史,在当时处州曾引起过巨大的反响。本书选录其一。　　[2]残黎:残存的百姓。黎,黎民。　　[3]"十三年"句:指康熙十三年"三藩之乱",耿精忠乱兵洗劫处州各县,府城沦陷,生灵涂炭。自此处州元气大伤,一蹶不振。"八丈波"句:道光《丽水县志》载,康熙二十五年"四月大雨四昼夜,水泛溢漂没田庐,溺者无算"。

赏　析

　　《处州杂言八韵》多写处州百姓生活之艰难,此为第一首,总写处州天灾人祸后的萧条景象。首联写处州府城城里城外一片荒凉,百姓所剩无几。颔联交代造成这一景象的原因。康熙十三年耿精忠谋反,处州成为战场,多年后才平定,这是人祸。继之以天灾。康熙二十五年的一场暴雨,连下四昼夜,水深八丈,与石柱齐高,溺死无数。颈联写天灾人祸过后,处州府城一片死寂。"官舍夜深曾过虎",城里居然有老虎出没。这不是诗人有意夸大,《丽水县志》里有明文记载。"人家日午不闻鸡",时过中午还听不到鸡鸣声,可知城里几乎没有什么居民了。尾联"招徕半是闽中客,代种三春雨一犁",写因为缺人,春耕的时候不得不到福建招人。客家人的大量迁入,就是在这个时期。

宋云会

宋云会,字沛苍,号梦溪,别号淡秋,山东胶州人。雍正四年(1726)进士。雍正十年任处州云和知县。后调任江山知县,迁杭州府海防通判,卒于官。宋云会幼孤贫,以卖饼为业,然性颖悟,喜读书,每过书塾,闻书声则驻足听讲。年十六始就学,博览群书,谙于朝章典故,擅丹青。

云和杂咏用刘在园太守韵(其二)[1]

贾客东瓯逆水帆,群推力挽傍层岩。[2]

何堪卤鲞求多价,更讶灰盐味少咸。[3]

地已穷荒惟产铁,山因煽冶半无杉。[4]

编氓苦作谋生计,腊月风寒尚短衫。[5]

(光绪《处州府志》卷三〇)

注 释

[1]云和杂咏:此题共八首,本书选录其二。用刘在园太守韵:指次韵清处州知府刘廷玑《处州杂言八韵》。 [2]贾客:客商。东瓯:指温州。逆水帆:指逆水而上,抵达云和县。傍层岩:沿溪边耸立的山

岩而过。　　[3]卤鲞（xiǎng）：指腌制的海货。鲞，干鱼、腌鱼。灰盐：盐的一种。　　[4]铁：铁矿。煽冶：冶炼。　　[5]编氓：编入户籍的平民。

赏　析

　　《云和杂咏》八首多侧面反映清初云和人民艰难困苦的生活。此诗写食盐、海货由商人从温州逆水贩运而来。商人哄抬海货价格，所贩劣质食盐咸味欠缺。因为土地贫瘠，很多百姓从事采矿冶炼，因冶炼，山上的杉树被砍掉一大半。百姓们苦苦谋生，腊月里还穿着短衫。诗歌如实道来，没有半句夸张。《云和杂咏》八首其他一些诗还提到畲民夫妻并耕，荒地多赖他们开垦；土地少阳多阴，农人稼穑艰难；县城没有城墙，时有老虎闯入；民俗信巫信鬼，教化颇不容易；读书风气淡薄，有待提高等。这些诗作，对于了解清初云和百姓的劳动生活、风土人情等多有裨益。

张 琢

　　张琢，字良工，号约斋，安徽含山人。康熙四十五年（1706）任景宁知县。性坦易好静，有才干。在任期间，革除典妻等恶习，翻新文庙，修建桥梁，颇多善绩。景宁石印山"石印"二字为其所书，署名为"龙亢张琢"。龙亢，含山之古称。

大漈观瀑布[1]

叠雪喷珠景最奇，我来相对却相宜。[2]

胸中尘俗多如许，借与清泉一洗之。

（雍正《景宁县志》卷一〇）

注　释

[1]大漈：村名。位于今景宁西南部大漈乡，距县城约四十千米，村口有瀑布。　[2]"叠雪喷珠"句：大漈瀑布高五十余丈，飞溅成沫，细若轻雾，水流槎溪。

赏　析

　　景宁大漈瀑布颇为特别，因崖壁凹凸不平，瀑布过处，飞溅成沫,细若轻雾,洁白如雪,故又名"雪花漈",诗人以"叠雪喷珠景最奇"予以描述,相当准确。然而诗人没有按照惯常思维继续展开描写,而是突然调转笔锋,声称此瀑布适宜自己,自己胸中俗尘太多,正可借清泉一洗。后二句,既写出了瀑布足以涤荡人心的力量,亦显示了诗人境界之高。写瀑布的诗很多,要写出新意,并非易事。诗人仅以开头一句正面描写瀑布,然后出其不意,突发高论,令人眼前一亮。

清 刘度 观瀑图(局部)

袁 枚

袁枚（1716—1798），字子才，号简斋，晚号随园老人，浙江钱塘（今浙江杭州）人，祖籍慈溪（今属浙江宁波）。乾隆四年（1739）进士，授翰林院庶吉士。后知溧水、江宁、江浦、沭阳等县。乾隆十三年辞官定居江宁（今江苏南京）小仓山随园。袁枚诗主性灵，为当时所宗。著有《小仓山房集》《随园诗话》《子不语》等。乾隆四十七年正月，六十七岁的袁枚从随园出发，作浙东之游，其间经过青田、丽水（今丽水市莲都区）、缙云等地，留下了若干诗文。

温溪一名恶溪 [1]

人嫌溪恶客难过，我道溪忙且让他。

万叠云峰千尺瀑，江南无此好烟波。

（《小仓山房诗集》卷二八）

注 释

[1] 温溪：既为村名，亦为水名。今属青田县温溪镇，与温州毗邻。瓯江流经温溪镇一段称温溪。温溪未有恶溪之别名，此系诗人将好溪与温溪混淆。恶溪乃好溪之旧称。

赏 析

此诗写从永嘉坐船沿瓯江逆流而上，途经青田温溪。在此诗之前，诗人有《坐永嘉花船渡温溪》，极写温溪水流之湍急。诗人意犹未尽，又写了此诗。大约是因为舟上有人抱怨溪水太可恶，所以诗人提笔就以"人嫌溪恶客难过"起句。但在诗人看来，溪水朝着大海日夜奔流，一刻不歇，难道不忙吗？为什么就不能让让它呢？"我道溪忙且让他"，此一句可谓别出机杼，境界高远。而且舟行缓慢，正可以领略两岸层层叠叠的群山，随处可见的千尺瀑布，岂不正好！"万叠云峰千尺瀑，江南无此好烟波"，此二句给予处州山水以极高的评价。按袁枚的说法，处州的烟波，盖过了江南所有的地方。大诗人、大旅行家能给出如此高的评价，处州山水与有荣焉。

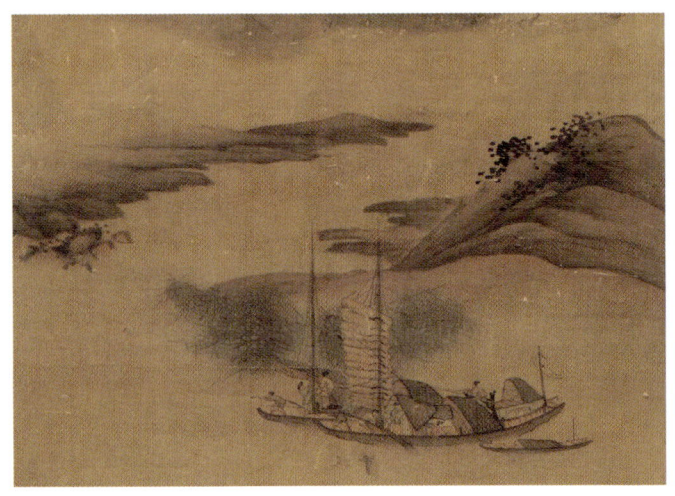

清　吴宏　仿元人山水（局部）

王梦篆

王梦篆(1738—1819),字文沙,号秋雨、窥园、抱琴生、平昌寓裔,处州遂昌人。乾隆五十九年(1794)岁贡。有《窥园诗钞》行世。

郡城杂诗

莲城广厦少,比屋有余壖。[1]

树种红桠柏,花开白木棉。[2]

晨蔬春韭美,晚市鲫鱼鲜。

问土休嫌瘠,民风忆葛天。[3]

(《窥园诗钞》卷一)

注 释

[1]莲城:处州府城的雅称。比屋:屋与屋相邻。余壖(ruán):多余的空地。　[2]桠柏:乌桕树。霜后,其叶殷红,可观赏。果实可药用、可榨油。木棉:棉花古称。　[3]葛天:葛天氏。传说中远古部落名。民风淳朴,是古人认为的理想社会。

张友竹　垂钓图

赏 析

　　此诗写处州府城的景色与市民的生活。处州府城少有高楼大厦，民居之间往往有多余的空地。市民们在空地上种上乌桕树、棉花等，既可观赏，又切实用。早上，可采摘韭菜；晚上，可买刚捕的鲫鱼。土地虽然贫瘠，但民风淳朴，令人追忆起上古的葛天氏。诗人用白描的手法，为读者描绘出一幅相当地道的清代处州府城风俗画。诗中所展现的如"树种红桠柏，花开白木棉"等景象在之前的诗作中从未出现过，在今天的丽水亦很少看到，显然属于清代处州府城的特有景象。而"鲫鱼鲜"则一直延续到今天，仍然是丽水市民喜欢的一道菜肴。诗歌对仗自然，色彩靓丽，在对处州府城的如实描写中，流露出了诗人的欣赏与赞美。

阮 元

阮元（1764—1849），字伯元，号芸台、擘经老人等，扬州仪征（今江苏仪征）人。乾隆五十四年（1789）进士，官至体仁阁大学士。著有《擘经室集》。他在督学浙江时，主修《经籍籑诂》，巡抚浙江时立"诂经精舍"，对浙江文化建设影响甚大。阮元在浙江期间，曾多次到处州，并在石门洞、冯公岭等地留下了若干摩崖题刻。

过桃花岭 [1]

白云横绝万峰齐，更踏东峰向岭西。[2]

掉臂已过白云上，回头尽见万峰低。[3]

何年道士栽桃树，终古征人散马蹄。[4]

我向东瓯催战舰，封关那用一丸泥。[5]

（光绪《处州府志》卷二）

注 释

[1] 桃花岭：即冯公岭。上有桃花隘天险，光绪《缙云县志》谓"一夫守之，百寇自废，盖丽、缙之险塞也"。　[2] 横绝：超绝，超

出。　[3]掉臂：自在行游貌。　[4]征人：远行的人。散马蹄：此指骑马出行。　[5]东瓯：古国名。在温州一带。封关：封闭桃花隘关口。一丸泥：一点泥，比喻很少。典出《后汉书》。原指用一个小泥丸就能把函谷关封闭。后用以形容地势险要，只要少量兵力就可以把守。

赏　析

　　清嘉庆五年（1800），东南海盗猖獗，大举袭扰浙江，刚任浙江巡抚不久的阮元亲赴前线督剿，一举将其击溃。《过桃花岭》或作于督剿途中。首联写登上桃花岭，万峰为云雾笼罩，难分高低。"白云横绝"，见出桃花岭之高。颔联，诗人从白云之上潇洒越过后，回头一看，万峰尽在脚下。从"更踏东峰"到"掉臂已过"，给人感觉十分轻松，被常人叹为"蜀道难"的桃花岭全不在诗人话下。颈联，写桃花岭历史之悠久。岭上的桃树不知道何年道士所栽，自古以来骑马远行的人就在这条岭上来来往往。尾联，诗人写此行的目的。"我向东瓯催战舰"，到温州去征调战舰。"封关那用一丸泥"，封闭桃花隘关口，剿灭海盗，用不着多少将士。诗人可谓信心满满，成竹在胸。全诗节奏明快，气概豪迈，体现了诗人乐观的精神风貌。诗中"白云""万峰"各连用二次，不但不觉重复，反倒营造出一往无前的气势。

王树英

  王树英（1770—1817），字毓才，号竹溪，又号松石，处州云和人。嘉庆二十一年（1816）恩贡。善金石、音律、书法。所著《古槐书屋诗文稿》，诸体皆备，尤长于五古。其诗以摹山水、咏情志为主，然亦及于世情之关切，如《催租吏》《闹饥》《纪大水》诸篇，直写吏恶民贫，颇见其忧民情怀。

催租吏 [1]

无田苦饥寒，田多亦何有。
斗粟尽入官，租赋谁敢后。
寅年催卯粮，十分输八九。[2]
那问富与贫，追呼日日受。[3]
持签到村乡，人民皆疾首。
悍吏虎狰狞，惊吠隔篱狗。
小女告阿爷，屏息下床走。
可怜缧绁者，大多伛偻叟。[4]
检囊无一钱，笞欠臀肤厚。[5]

或褫其衣襦,妇令钏脱手。[6]
或挈其釜鬲,一家莫糊口。[7]
或坐索饮食,倾尽瓶盎酒。
捉鹜又割鸡,剪侵邻园韭。[8]
匍匐诉有司,反得拒捕咎。[9]

(《古槐书屋诗文稿》)

注 释

[1]诗题下作者有小序:"乾隆丙午春杪,过故人庄,时征租者骚扰村落间,感其事,为作诗以纪。"乾隆丙午年(1786),诗人才十七虚岁,这一年的暮春,目睹悍吏下乡催租,气愤不平,写下此诗。春杪:春天即将结束的时候。杪,末尾,末端。　[2]寅年催卯粮:指今年的租交了还不够,还要催缴明年的租税。　[3]"那问"二句:意谓催租吏不问富还是穷,天天大呼小叫,追讨租税。　[4]缧绁:捆绑犯人的绳索。此指捆绑。伛偻叟:弯腰曲背的老人。　[5]"检囊"二句:指搜检口袋,一分钱没有;鞭打屁股,还嫌人家臀部肉不够厚。　[6]褫(chǐ):剥去衣服。　[7]挈:提起,提走。釜鬲:泛指炊器。　[8]鹜:鸭子。　[9]"匍匐"二句:指跪地上诉官府,反而以拒捕获罪。咎,过失,罪过。

赏 析

《催租吏》首八句为第一部分,诗人通过议论,揭露农民租税负担之重,"十分输八九",而且"寅年催卯粮",来年的租税也要提前上缴,实在不堪承受,但是谁都不敢不缴。"持签到村乡"以下十八句为第二部分,具体描述催租吏下乡催租,如狼似虎,鱼肉百姓。最后"匍匐诉有司,反得拒捕咎"二句为第三部分。农民上诉有司,希望能主持公道,反而以拒捕获罪,世道之黑暗,一至于此。诗人继承杜甫"三吏""三别"的现实主义表现手法,揭露了世道之黑暗,表达了对农民的同情。

关学优

关学优,广东顺德人。清嘉庆四年(1799)任庆元知县。嘉庆六年主持完成《庆元县志》的纂修。

过刘殿元墓[1]

人已委荒丘,名仍万古留。[2]

文章推宋代,政绩著绵州。[3]

石岭寒烟淡,巾峰瑞气浮。[4]

问谁重振起,相与继前修。

(光绪《庆元县志》卷一二)

注 释

[1]刘殿元:刘知新,字元鼎,庆元人。某些文献载其为北宋大观年间状元。成化《处州府志·人物》则称其为"释褐状元"。 [2]委荒丘:指已去世,埋骨丘山。 [3]"文章"句:指刘殿元的文章在宋代受到推崇。"政绩"句:刘殿元曾任绵州知州,政绩卓著。 [4]巾峰:巾子峰。在庆元城北十里,锦山之顶峰。顶峰双峰对峙,直插云霄。

据说曾有瑞云化桥,架于两峰间,宝车仙仗由桥上经过,乃刘知新状元及第之祥兆。"巾子祥云"为庆元八景之一。

赏 析

刘知新是否状元及第,文献记载互有抵牾。或谓非殿试第一,而是太学三舍考试第一(释褐状元)。在庆元,状元刘知新大名鼎鼎,作为知县的关学优亦以本邑曾出状元而自豪。《过刘殿元墓》中说刘殿元虽已不在,但其芳名万古流传。诗人还称颂了刘殿元生前业绩。"文章推宋代",既为状元,文章当然是数一数二。"政绩著绵州",任绵州知州,政绩卓著。刘知新任绵州知州,的确有史可查。如今巾子峰依然瑞气飘飘,诗人希望后来者能够重振雄风,"相与继前修",再出状元。庆元历代有关刘殿元的诗及故事有很多,但其人尚有待于考证。

端木国瑚

　　端木国瑚（1773—1837），字子彝，号鹤田，晚号太鹤山人，处州青田人。端木国瑚少有才名，以《定香亭赋》为时任浙江学政的阮元所赏识，誉之为"此青田一鹤也"。道光十三年（1833）登进士第，然不喜俗务，三辞县令，长期任书院山长、教谕等职，与龚自珍、魏源、宗稷辰、吴嵩梁并称为"薇垣五名士"。国瑚学问博赡，通天文地理、阴阳术数，而尤精于易学，有《周易指》等著述。另有诗集《太鹤山人集》等存世。

石门刘文成祠[1]

王气出江东，先生道未穷。[2]

卷书自坯上，龙卧此隆中。[3]

瀑布长时白，山花寂寞红。

我来殊已暮，萝帐响秋风。[4]

（《太鹤山人集》卷一）

注　释

[1]石门刘文成祠：青田石门洞有明代开国元勋刘基祠，明代修建。现

所见为民国时期重建。文成，系刘基谥号。　　[2]"王气"句：明黄伯生《诚意伯刘公行状》载，元末，刘基与友人泛舟西湖，有异云起西北。刘基谓"此天子气也，应在金陵，十年后，有王者起其下，我当辅之"。道未穷：指刘基满腹经纶，还有用武之地。　　[3]"卷书"句：指刘基所读的秘籍跟张良一样，也是从圯上老人那里得来。圯上老人事见《史记·留侯世家》。"龙卧"句：刘基所隐居的石门洞，正如当年卧龙诸葛亮所隐居的隆中。　　[4]萝帐：藤萝搭成的帐篷。

赏　析

　　青田石门洞曾是明代开国元勋刘基青少年时期求学之地，为此，后人在石门洞里修建了刘基祠。诗人于祠前遥想刘基所处的风云时代，表达了对刘基的崇仰之情。首联写刘基生逢其时，如果不是朱元璋崛起，风云际会，或许刘基也就英雄无用武之地，诗人深为刘基感到庆幸。颔联把刘基比作张良、诸葛亮。刘基当年在石门洞所读，正是张良曾读过的圯上老人所赠之书，而石门洞则是属于刘基的隆中。通过比较，既表明了刘基与张良、诸葛亮在伯仲之间，又写出了石门洞对于刘基事业的重要影响，解答了在石门洞修建刘基祠的原因，非常巧妙。颈联，瀑布长在，山花寂寞，抒发了斯人已去的感慨。尾联写自己于薄暮时分，面对秋风，独立于藤萝之下，言有尽而意无穷。

吴世涵

吴世涵（1798—1855），字渊若，处州遂昌县石练乡人。道光二十年（1840）进士。历任博陵、通海、太和、会泽知县，勤政爱民。有《又其次斋诗文集》等存世。其诗题材多样，尤长于写处州本地风土人情，不仅乡土气息浓郁，而且有感而发，具有很强的现实针对性。时人方廷瑚称其诗"于身之所历，心之所得，俯仰上下，长歌短咏，往往曲而能达，足使读者感动激发，而有补于人心风俗"。此外，吴世涵在前人基础上，搜集遂昌历代诗作，增辑《平昌诗抄》，为遂昌文献的整理保存作出了巨大的贡献。

保阳寓斋与刘成斋兄芝亭三弟共论故乡物产作诗纪之

家住昌山曲，溪流练水清。[1]

与君谈故土，辨物记方名。[2]

杉树云边合，梅花雪里荣。[3]

蔬多唯白笋，谷好是红粳。[4]

园种黄花菜，崖生紫石瑛。[5]

猪兰开九节，鹿草挺千茎。[6]

菊米能明目，樟梨可解酲。[7]

茯苓随地种，野术自天生。[8]

枥炭光腾鼎，桐油滑注檠。[9]

凉茶寒沁骨，蕨粉腻调饧。[10]

美有跳鱼脍，肥看竹䑋烹。[11]

果狸团玉面，花鸭闪金睛。[12]

戴胜呼山凤，落苏买谷莺。[13]

晴檐百舌语，霜槛八哥鸣。[14]

地瘠蕣难种，岩高厂可营。[15]

居人多聚族，傍岭即为城。

种靛招山户，烧畲杂客氓。[16]

铁垆通远贾，灯市闹新正。[17]

贱子老鸰鸹，深居伴鹿麏。[18]

饭尝染青饲，药未掘黄精。[19]

敝惜香裯袄，饥调薯蓣羹。[20]

书同蟫蚋注，笔仗鼠狼勍。[21]

纸展桃花滑,几凭榧木平。[22]

古瓷斟破碎,小印篆灯明。[23]

蓬室但能守,梯田犹可耕。[24]

枌榆今在远,游子若为情。[25]

(《又其次斋诗集》卷六)

注 释

[1]昌山:遂昌城东郊有两山前后平叠如"昌",因名昌山,县名亦因之。曲:偏僻的地方。　[2]"与君"二句:大意是说与诸位介绍一下本人家乡的物产,让诸位也能辨别认识。方名,此处指物产名称。　[3]枸(xún):一种落叶或常绿灌木,开白或粉色花,果实球形,可供观赏。　[4]红粳:外壳红色的矮秆粳稻。　[5]黄花菜:作者自注"即萱"。紫石瑛:萤石,一种矿石。又名"氟石"。　[6]"猪兰"句:作者自注"即蕙"。蕙,即蕙兰,暮春开花,一茎可发八九朵,故亦称"九节兰"。鹿草:作者自注"鹿衔草,赤色"。一种中药,可治关节炎等。　[7]菊米:作者自注"野菊蕊也,遂邑唯产西乡者佳"。樟梨:作者自注"樟树结子,味辣,解酒,亦治气疾,出遂昌西乡"。酲:醉酒。因醉酒而神志不清。　[8]茯苓:寄生在松树根上的菌类,形状像甘薯。中医用以入药,有利尿、镇静等作用。术:多年生草本植物。有白术、苍术等数种。根茎可入药。　[9]枥炭:用枥木烧制成的炭。枥,同"栎"。　[10]凉茶:作者自注"凉茶:树藤类,俗名

老鸦庄,结实如杯大,剖之,细子累累,向水捣之即胶冻,如冰而软,饮之甚凉"。"蕨粉"句:指用蕨粉调制而成的糖。蕨,多年生草本植物。嫩叶可食,俗称蕨菜;根茎含淀粉,俗称蕨粉。饧,用麦芽或谷芽熬成的饴糖。　　[11]跳鱼脍:作者自注"大蛤也,味甚美"。蛤,蛤蟆。竹鰡(liú):作者自注"一名竹豚,居土穴中,食竹根"。即竹鼠。　　[12]"果狸"句:作者自注"玉面狸嗜食果子,一名果子狸"。花鸭:作者自注"一名番鸭,毛兼五色"。番鸭,又名香鹑雁、麝香鸭、红嘴雁,体型比普通鸭子大,生长迅速,肉质鲜美。　　[13]戴胜:鸟名。头顶具凤冠状羽冠,故亦称"山凤"。"落苏"句:作者自注"黄莺俗名买落苏","落苏即茄菜,出时莺始飞鸣"。　　[14]百舌:即乌鸫。体形像八哥,略大。羽毛呈灰黑色。八哥:鸟名。作者自注"鸲鹆(qú yù)"。　　[15]麰(móu):麰麦,大麦。厂(hàn)可营:指利用山洞居住。厂,山崖边较浅的岩穴。《说文·厂部》:"山石之厓岩,人可居。"　　[16]"种靛"句:指为种植蓝靛而雇用山民。靛,蓝靛,植物名,可用于染布。烧畬:烧荒种田。客氓:外乡来的农夫。或指畬民。　　[17]"铁垆"二句:大意是说炼铁的生意做到远方;正月里乡村闹彩灯。铁垆,炼铁炉。作者有咏《铁垆》诗,认为洗砂炼铁对环境会造成破坏。新正,农历新年正月。　　[18]"贱子"二句:大概是说自己打算终老于括苍山中,与麋鹿为伴。贱子,谦称自己。鸧鸹(cāng guā),水鸟名。似鹤,苍青色。亦称麋鸹。作者自注"栝苍以多栝得名,遂昌栝属邑也。汤临川宰遂昌,有'太史应占老鸹鸧'句。鸹鸧亦呼鸧鸹,杜诗'天寒鸹鸧呼'"。鸧鸹谐音栝苍,一语双关。麖(jīng),马鹿。　　[19]"饭尝"句:作者自注"俗四月八日以草染饭,名乌饭"。䊦(xùn),青精饭,即乌饭。"药未"句:指中药黄精还在地里种着。黄精,药用植物，具有补脾、润肺生津的作用。　　[20]"敝惜"二句：大意是说，衣被破损了有本地产的土丝可制作被袄；肚子饿了有山药可做成羹。香裯（chóu），作者自注"土丝作裯名香裯"。裯，衾被。薯蓣，山药。　　[21]"书同"二句：大意是说，要看书有书，书里都已爬满蠹鱼了；要写字有毛笔，仰仗有黄鼠狼的毛可制作。蟫蚋（yín ruì），蠹鱼。郭璞："衣书中虫，一名蛃鱼。"鼠狼，黄鼠狼。作者自注"即鼪（shēng），毛可为笔，名狼毫"。勍（qíng），强劲、有力。　　[22]"纸展"二句：大意是说，纸张展开时就像桃花一样洁白、光滑，用榧木制作的几案非常平整。　　[23]"古瓷"句：此句作者自注"哥窑瓷器"。大意是说所用瓷器有著名的哥窑瓷器。哥窑瓷器的特点之一是有自然开片现象，其纹片如网交织、冰破裂。"小印"句：作者自注"青田冻石"。青田石种类繁多，名贵品种首推"灯光冻"。光照下透明如肉冻，故名。　　[24]"蓬室"二句：指有茅屋可住，有梯田可耕，很知足了。此二句连前面六句，是说家里还有书籍可读、纸笔可用，瓷器、青田石可把玩，还有茅屋、梯田，小日子可以过得很惬意了。　　[25]"枌榆"二句：意思是说想到故乡的风物，远方的游子情难自禁。枌榆，本为汉高祖故乡的里社名，后泛指故乡。

赏　析

《保阳寓斋与刘成斋兄芝亭三弟共论故乡物产作诗纪之》娓娓道来，介绍了遂昌众多物产，除了吃的、喝的，还有矿产、花卉、飞禽、木材、药材、土丝、靛青等等，不一而足。此外还兼及风俗，如正月闹灯、四月八日吃乌饭等等。对于诗人而言，通过历数家乡的物产、风俗，寄托了其浓浓的乡愁，抒发了其刻骨铭心的思乡之情。对于今天的读者而言,这是用诗歌形式保留下来的一份遂昌物产志、风俗志,有很高的研究价值与利用价值。

明 佚名 秋景货郎图

端木百禄

端木百禄（1825—1861），字叔总，又字小鹤，号梅长，处州青田人。端木国瑚之子。道光二十九年（1849）拔贡，候选直隶州州判。少随父习《易》，好诗文，擅书画。为其父撰《太鹤山人年谱》，另有诗集《石门山房诗钞》一卷存世。其诗多纪游、写景、咏物、抒怀，颇受好评。如奚疑（字虚白）谓其诗"俊逸清新、苍老豪健兼而有之"；伊念曾（字少沂）评其诗"古体刚健婀娜，近体风流旖旎。诗虽一卷，而必传之作多矣"。

山田观获

括苍之山多梯田，层层直上山之巅。

高田无水只待雨，低田横笕能通泉。[1]

我过苍岭正秋获，打稻声出晴霞边。[2]

村童午馌捧芋出，稚子拾穗攀萝缘。[3]

迎头野老向我语，水旱难免心忧煎。

去年狂霪挟水出，梯田多被泥沙填。[4]

平地欻忽成土阜，焉有力士开陌阡。[5]

今夏骄阳几为虐，得雨幸天无所偏。[6]

天时更需人力补，手足那辞胝与胼。[7]

官粮迫催吏如虎，恣意搜索还笞鞭。

吁嗟乎，山民力田真可怜，谷少那抵租赋钱！

（《石门山房诗钞》）

注 释

[1]"高田"二句：意谓高处的田无水只有等待老天下雨，低处的田可以利用竹笕把泉水引到田里。笕，将竹子剖开连接而成的引水管。 [2]苍岭：系连接处州与台州的山岭。 [3]午饁（yè）：送午饭。饁，往田野送饭。 [4]蜃：传说中的蛟属，能吐气成海市蜃楼。 [5]欻（xū）忽：忽然。 [6]"今夏"二句：大意谓今年夏天虽然骄阳肆虐，旱情严重，所幸老天没有偏心，好歹也给此处下了雨。 [7]胝与胼：即胼胝（pián zhī），手掌脚底的茧子。

赏 析

此诗写苍岭秋收。首四句先介绍处州多梯田，"层层直上山之巅"。梯田种稻殊为不易，低处的田好歹还可以用竹笕引泉水灌溉，但"高田无水只待雨"。"我过苍岭正秋获"以下四句写秋收忙碌景象。"迎头野老向我语"以下十二句写老农向诗人诉苦。去年山洪，梯田被泥沙所填；今年大旱，幸好下了及时雨。然而辛苦收获，最终却被逼着交了"官粮"。最后两句为诗人听了老农一席话后的感叹："吁嗟乎，山民力田真可怜，谷少那抵租赋钱。"此诗继承了白居易所提倡的歌诗为时为事而作的主张，诗人以自己行走苍岭所见所闻，借老农之口，用质朴的语言，真实地描写出了山民们的艰辛与不易，对他们表达了深切的同情。

张友竹　雨霁图（局部）

严用光

严用光（1826—1909），字国华，号月舫，处州景宁县小佐村（今属大漈乡）人。道光二十九年（1849）拔贡，候选教谕，后多次入京会考不利。同治间纂修《景宁县志》，总其成。主讲景宁雅峰书院十余年，多所造就。工诗，民国《景宁县续志》谓其"所著诗纯乎唐音，尤与王孟为近"。所著《述古斋古今体诗》《诒谷堂稿》等已佚。

过时思寺[1]

层崖远上最高山，十里平畴碧几湾。

隐隐寺藏红树里，沉沉钟出白云间。

青缠墙壁藤萝古，翠映峰门松柏闲。

翘见时思题额在，文成遗墨快瞻攀。[2]

（民国《景宁县续志》卷一六）

注　释

[1]时思寺：为释道合一的寺庙，在景宁大漈白象山上。始建于南宋绍兴十年（1140），原为梅元屃的守墓庐。梅元屃幼年为祖父守墓，三

年不离。朝廷旌表元贞为"孝童",守墓庐改称"时思院"。明洪武元年(1368),刘基书额"时思道场"。明宣德元年(1426),改院为寺。现为全国重点文物保护单位。　　[2]文成遗墨:指文成公刘基题写的"时思道场"四字。

赏　析

　　景宁时思寺在海拔一千多米的大漈白象山,始建于南宋绍兴十年,历史悠久。诗写即将抵达时思寺时所闻所见。诗人朝着最高的山进发,当登上陡峭的山崖时,水流蜿蜒的碧绿盆地展现在眼前,可谓别有洞天。此时,藏身于红树下的寺院隐隐可见,寺内沉沉的钟声在白云间回响。继续往前走,"青缠墙壁藤萝古,翠映峰门松柏间",诗人看见古老的藤萝缠绕在寺院墙壁上,寺院就在山峰入口处,为翠绿的松柏所掩映。"翘见时思题额在,文成遗墨快瞻攀",离寺院越来越近,此时,诗人翘首看见高挂寺院门楣上的题额,文成公刘基遗墨"时思道场"四字赫然在目。诗人按照进程,由远及近,一步步展开对时思寺的描写,类似于由远镜头到近镜头,展现了时思寺远观、近看的不同特色,颇有层次。时思寺保留了元明时期建筑风格,寺边有树龄达一千五百多年、国内最大的"柳杉王"。其树中空,可容多人围桌共餐。离寺不远,有著名的大漈瀑布。

朱小唐

朱小唐,处州缙云人,生活于清末。邑庠生。在缙云、丽水等地以塾师为业。工诗,有《遁夫诗草》二卷存世。其诗多四时感兴及行迹游踪的记录,展现了浙南山乡优美风光、四时景色。诗学上持"性灵说",反对蹈袭、雕琢与死守格律,故《遁夫诗草》多语出天然,平易清新。

大港头春望呈陈鹤山(其一)[1]

雨歇村南大港头,湖光掩映夕阳楼。[2]
也能闹热如城市,六县来船并一州。[3]

(《遁夫诗草》卷上)

注 释

[1]此题有诗五首,本书选录其一。大港头:在今丽水市莲都区大港头镇大溪边(瓯江上游)。旧为码头,瓯江水运由此经过。陈鹤山:其人不详。　[2]湖光:大港头码头水面开阔似湖。　[3]"六县"句:指六个县的船只都聚集在离处州府城不远的大港头。六县,诗人自注,大港头水"源出庆元,达龙泉、云和,四百余里至丽邑、宣平界,松阳之水合焉"。

赏　析

　　此诗着重写大港头的热闹。"也能闹热如城市，六县来船并一州"，作为货物聚散地，大港头虽只是一个码头，但是"六县"的船只齐聚一起，其热闹不亚于城市。诗歌虽短小，但仍能让人感受到作为码头的大港头曾经的繁华。旧时，处州为群山所阻，陆路运输极不方便，瓯江水运就成为处州与外界交通的大动脉。船工、木排工、商人、旅客等都要经过大港头。直到紧水滩水库建成，瓯江水运才淡出历史，大港头作为码头的使命才告终。如今大港头与溪对面的千年古堰通济堰连为一体，称古堰画乡，是丽水著名的旅游景区。

参考文献

B

《北郭集》，影印文渊阁四库全书本，台湾商务印书馆 1987 年版

C

《陈高集》，浙江古籍出版社 2014 年版

《陈子龙全集》，人民文学出版社 2011 年版

《此山集全编》，中国文史出版社 2015 年版

D

《戴复古诗集》，浙江古籍出版社 2012 年版

《〔道光〕〈丽水县志〉和〈丽水志稿〉合刊点校本》，方志出版社 2010 年版

《遁夫诗草》，《处州文献集成·清代辑》，浙江古籍出版社 2023 年版

F

《范石湖集》，上海古籍出版社 2006 年版

G

《高適集校注》，上海古籍出版社 2014 年版

《古槐书屋诗文稿》，《处州文献集成·清代辑》，浙江古籍出版社 2023 年版

《光绪处州府志》,方志出版社 2006 年版
光绪《缙云县志》,光绪二年刻本
光绪《庆元县志》,光绪三年刻本

H

《韩昌黎文集校注》,上海古籍出版社 2014 年版

J

《剑南诗稿校注》,上海古籍出版社 2005 年版
《姜特立集》,浙江古籍出版社 2015 年版
《景宁县续志》,台湾成文出版社有限公司 1975 年版

K

《窥园诗钞》,浙江古籍出版社 2020 年版

L

《兰雪集校笺》,中国民族摄影艺术出版社 2008 年版
《李白全集编年笺注》,中华书局 2017 年版
《林景熙集校注》,浙江古籍出版社 1995 年版
《刘基集》,浙江古籍出版社 1999 年版
《刘禹锡集笺证》,上海古籍出版社 1989 年版
《刘长卿集编年校注》,人民文学出版社 1999 年版
《楼钥集》,浙江古籍出版社 2010 年版

M

《明成化处州府志》,方志出版社 2020 年版

P

《曝书亭全集》，吉林文史出版社 2009 年版

Q

《侨吴集 遂昌杂录》，浙江古籍出版社 2018 年版

《秦观集编年校注》，人民文学出版社 2001 年版

《全宋诗》，北京大学出版社 1998 年版

S

《石门山房诗钞》，《处州文献集成·清代辑》，浙江古籍出版社 2023 年版

《松陵集校注》，中华书局 2018 年版

《宋诗纪事》，浙江古籍出版社 2019 年版

《宋文鉴》，中华书局 2018 年版

T

《太鹤山人集》，《处州文献集成·清代辑》，浙江古籍出版社 2023 年版

《汤显祖诗文集》，上海古籍出版社 1982 年版

《唐五代诗全编》，上海古籍出版社 2024 年版

同治《景宁县志》，同治十二年刻本

《屠隆集》，浙江古籍出版社 2012 年版

W

《王十朋全集》，上海古籍出版社 1998 年版

《王维集校注》，中华书局1997年版
《午溪集校注》，中国文史出版社2018年版
《武夷新集 杨仲弘集》，福建人民出版社2007年版

X

《项安世诗集》，浙江古籍出版社2013年版
《谢铎集》，浙江古籍出版社2012年版
《谢灵运集校注》，中州古籍出版社1987年版
《许谦集》，浙江古籍出版社2014年版

Y

《弇山堂别集》，中华书局1985年版
《姚合诗集校注》，上海古籍出版社2012年版
《叶適集》，中华书局1961年版
雍正《景宁县志》，雍正十三年刻本
《永嘉四灵诗集》，浙江古籍出版社1985年版
《又其次斋诗集 又其次斋时文》，浙江古籍出版社2020年版
《袁枚全集新编》，浙江古籍出版社2015年版
《月洞诗集 玉井樵唱》，浙江古籍出版社2018年版

Z

《中国文学作品选》，中华书局2007年版

后　记

在本书即将付梓之际，对有关问题在此稍作补充说明。

《君家括苍下》系"诗话浙江·丽水卷"，书名取自元人揭傒斯诗作《题赠周此山》。本书是一部古代诗词选集，所选诗词描绘了处州的自然风光，反映了处州的风土人情、历史文化，选诗地域以现丽水市行政区划为准，时代以1911年为下限。本书所涉诗人皆有简要的生平介绍；为了方便读者阅读理解，每篇作品均有注释以及相应的赏析文字。赏析文字或就作品的思想内容及艺术特色作分析品评，或顺带作相关背景的补充说明，并非都是就诗论诗，而是旨在通过作品，让读者能够更加全面地了解处州的过去与现在。

具体来讲，根据丛书统一要求，本书所选篇目，作者可以是处州籍，亦可以来自外地，但作品必须反映处州或者跟处州有关系。故优先考虑名家名篇及早期诗作，同时适当兼顾各县市区的平衡及内容的丰富多样，最终选择适合读者理解识记、篇幅适中、生僻字较少的作品编入本书。为此，编者查阅了大量书籍，但难免顾此失彼，可能还有佳作未能入选。另外，因限于篇幅，全书选录一百首诗词，故可能未呈现处州诗作更全面的形态，敬请读者谅解。本书所涉诗词作者生平介绍、注释及赏析文字，因为成书仓促等原因，错误难免，恳请读者批评指正。

本书由中共浙江省委宣传部统一策划，由中共丽水市委宣传部组织实施。书中插图主要由中共丽水市委宣传部有关同志协助收集，丽水市博物馆及各区县博物馆也提供了馆藏珍品，徐文平教授、褚晓辉乡友亦割爱提供，在此深表感谢。

在本书编撰过程中，同事王闰吉教授、肖田田博士，处州文史专家卢朝升、陈子立、周率，以及丛书专家组尚佐文等专家、浙江古籍出版社诸位编辑均提出过许多宝贵意见；诸多师友协调各项工作，解决许多难题，使编者能够心无旁骛，在较短的时间里完成书稿的编撰，在此一并致谢。

丽水学院　杨俊才

2024 年 11 月

图书在版编目（CIP）数据

君家括苍下：丽水 / 丛书编写组编. -- 杭州：浙江古籍出版社, 2024. 11. --（诗话浙江）. -- ISBN 978-7-5540-3196-4

Ⅰ. Ⅰ222.72

中国国家版本馆CIP数据核字第20244K20X9号

诗话浙江
君家括苍下
丛书编写组 编

出版发行	浙江古籍出版社
	（杭州市拱墅区环城北路177号 电话：0571-85176989）
责任编辑	姚 露
文字编辑	韩 辰
责任校对	刘成军
封面设计	张弥迪
责任印务	楼浩凯
照 排	杭州立飞图文制作有限公司
印 刷	浙江新华数码印务有限公司
开 本	880mm×1230mm 1/32
印 张	8.375
字 数	180千字
版 次	2024年11月第1版
印 次	2024年11月第1次印刷
书 号	ISBN 978-7-5540-3196-4
定 价	42.00元

如发现印装质量问题，影响阅读，请与本社印制部联系调换。